13

八男？別鬧了！

Y.A

Kadokawa Fantastic Novels

彩頁、內文插圖／藤ちょこ

CONTENTS

八男？別鬧了！⑬

第一話　與卡琪雅的婚禮……雖然可能看起來不太像

「唉——這身打扮真是累死人了……長裙實在有夠熱。穿不習慣的衣服果然很辛苦。」

隧道的開通儀式結束後，卡琪雅一發現沒有人在看，就馬上將艾莉絲等人教她的禮節拋諸腦後，開始用裙子替自己搧風。

無論老家在貴族中的階級再怎麼低，這實在不像是貴族千金該有的舉動，但她原本就很少有機會表現出貴族千金的一面，所以這也是無可奈何。

「真是太可惜了。」

「露易絲，就算是我，也不會在公開場合這麼做啦。反正客人們都走了，稍微放鬆一點也沒關係吧。」

邀請的賓客都已經離開，現場只剩下鮑麥斯特伯爵家的相關人士，所以卡琪雅也放心地照平常那樣行動。

「明明艾莉絲好不容易才教會妳貴族千金該有的舉止和禮貌。」

「卡琪雅小姐學得很快呢。」

卡琪雅是奧伊倫貝爾格家的千金，為了避免在賓客面前丟臉，從隧道開通儀式的幾天前開始，她就一直密集地接受艾莉絲的指導。

據艾莉絲所言，她似乎是個悟性很高的學生，但只要沒必要，馬上就會恢復平常的樣子。

雖然我是覺得只要能在重要時刻表現得像個貴族就行了。

「唉，反正我平常也不怎麼像個貴族……」

「不愧是我的老公，真是溫柔。」

儘管在正式場合，必須注意自己的舉止與禮貌是否符合貴族的身分，但如果一直繃得這麼緊也很累人。

我原本就是出生在一個只能勉強算是貴族的家庭。

要不是有魔法的才能，我成年時可能就已經不是貴族了。

「那個……其實我也還沒離開……雖然像卡琪雅小姐這麼厲害的冒險者把我當成自己人，讓我覺得非常幸運。」

同樣參加了隧道開通儀式的布雷希洛德藩侯，苦笑地加入話題。

「只要讓布雷希洛德藩侯大人知道我平常是這個樣子，以後見面時就不用那麼拘束了吧。」

「真不愧是一流的冒險者，想法非常合理呢。」

雖然卡琪雅在必要時會表現得像個貴族，但她這次是刻意在布雷希洛德藩侯面前表現出平常的樣子。

「不過卡琪雅小姐之後還要出席別的活動，得請妳好好加油才行。」

「還有其他活動啊？」

「卡琪雅小姐，難道妳不需要舉辦婚禮嗎？」

布雷希洛德藩侯提醒我們還剩下一個重要的行程，那就是卡琪雅與我的婚禮。

「這麼說來，確實是這樣沒錯！不過，應該無法辦得太隆重吧……」

雖說卡琪雅是奧伊倫貝爾格家的千金，她的婚禮還是不能辦得比艾莉絲她們隆重。

如果這麼做，艾莉絲的祖父霍恩海姆樞機主教一定會抗議。

而且奧伊倫貝爾格卿和法伊特先生還得開發新領地，花太多心力在婚禮上可能會耽誤他們的進度，若辦得太過盛大，那兩個不像貴族的人也可能會緊張到昏倒。

「說得也是，因為與隧道有關的那一連串騷動，現在大家都知道卡琪雅小姐將嫁給鮑麥斯特伯爵，剛才那些參加開通儀式的賓客，也都看過卡琪雅小姐穿禮服的樣子了，後續的婚禮應該不需要辦得太隆重。」

我們已經透過今天的開通儀式，向許多貴族宣布卡琪雅將成為我的妻子，所以不需要再舉辦隆重的婚禮。

「布雷希洛德藩侯大人，我也這麼覺得。」

卡琪雅本人也不擅長應付那種豪華的婚禮，所以贊同布雷希洛德藩侯的想法。

「不過，還必須顧慮到奧伊倫貝爾格騎士領地的領民。」

領主的千金要結婚，而且對象還是替他們準備新領地的新宗主。

雖然不需要辦得太隆重，但身為領主，還是有義務辦一場有一定程度規模的婚禮。

「對啊，就連我的老家，在辦婚喪喜慶時也不會辦得太隨便……」

「瑞穗也是如此。」

艾爾和遙都贊成布雷希洛德藩侯的想法。

「我的老家也是鄉下。雖然這麼說有點失禮，但偏僻領地的居民大多都很期待這類活動。」

「瑞穗也是如此。畢竟是喜宴，又能喝到酒。」

鄉下的娛樂不多，所以很多人都期待能在舉辦婚喪喜慶時，盡情地喧鬧和大吃大喝。

這算是一種娛樂，大家平常就是為了替這些活動做準備，才會節儉地生活和存錢。

艾爾也是偏僻領地出身，能夠理解這種狀況。

瑞穗則是和日本很像，所以非常重視婚喪喜慶。

「他們都是願意一起遷移到新領地的領民，必須好好為他們舉辦一場婚禮才行。」

「這也是領主之女的義務。只要看見威爾大人和卡琪雅結婚，奧伊倫貝爾格騎士領地的領民們也會感到放心吧。」

原來如此。

即使奧伊倫貝爾格卿和法伊特先生都非常努力，搬到周圍都沒人住的新土地，還是會讓領民們感到不安吧。

他們必須從頭開拓廣大的田地，有必要告訴他們娶了領主女兒的鮑麥斯特伯爵家將不吝提供援助。

「結婚也是貴族的工作之一。我與威德林先生的婚禮，之前應該也讓威格爾領地的領民們安心了不少吧。」

卡特琳娜的老家威格爾家，也是一復興就搬遷到新的土地，所以領民們當時一定也很不安。

不過他們在參加過我和卡特琳娜的婚禮後，重新確認「只要有鮑麥斯特伯爵家的支援就沒問題」這項事實……並因此鬆了口氣。

「卡特琳娜小姐說的沒錯，貴族的婚姻既是義務也是工作。」

我們都接受了布雷希洛德藩侯的說法。

他好像也娶了五個……還是六個老婆？

總而言之，他也是妻妾成群。

誇張的是，以藩侯來說，這樣的人數還算少。

結婚也是工作的一環，當貴族果然不容易。

「無論結婚的契機為何，還是有許多貴族夫婦彼此信任、相愛，並過著幸福的生活。卡琪雅小姐可以跟我一樣，等之後再慢慢和威德林大人互相理解。」

艾莉絲替大家下了一個漂亮的結論。

而且，她還不忘補充自己和我的夫妻關係非常良好，覺得當我的妻子非常幸福。

通常這種話聽起來都沒什麼真實感，但只要艾莉絲笑著這麼說，大家都會相信這是事實。

實際上我也很慶幸自己能與艾莉絲結婚，並將她視為心愛的妻子，但艾莉絲是因為人品高尚，才能夠說出這種話，和她是我的正妻應該沒有關係。

……會有這種想法，是不是代表我的性格有點扭曲呢？

「是啊。夫妻之間的戀愛契機，通常都不是什麼大不了的事情。重點是婚後能否建立良好的關係。」

將和艾爾結婚的遙，也強烈贊同艾莉絲的想法。

「的確……雖然原本是在談論卡琪雅小姐的婚禮……但我也很滿意與威德林先生之間的婚事，卡琪雅小姐對他應該也沒什麼不滿吧……」

卡特琳娜將話題拉回來後，所有人都看向仍喊著「好熱」並用裙子替自己搧風的卡琪雅。

「如果我的老公是天生的大貴族，我們或許會因為生長環境相差太多而個性不合，但我對鮑麥斯特伯爵大人沒有任何不滿。尤其是他還打贏了我。」

「妳最在意的居然是這個啊。卡琪雅該不會是戰鬥狂吧？」

「伊娜，拜託妳別亂傳這種謠言！」

我們之前曾懷疑過「卡琪雅可能是戰鬥狂」，但伊娜一指出這點，卡琪雅就全力否定。

「才不是這樣，我好歹也是個小有實力的冒險者吧？萬一在吵架時不小心使出全力怎麼辦……我是擔心自己老公的安危才會這麼說。」

「只是稍微跟老公吵架就使出全力，實在不太好呢……」
「真是太慘了。」
卡琪雅擔心如果丈夫太弱，在夫妻吵架時會被單方面欺負，這讓露易絲和薇爾瑪都真心覺得受不了。
「就算是威爾大人，也不會在吵架時使用魔法吧。」
「我也這麼覺得……卡琪雅對婚姻生活是不是有什麼誤解？」
「是嗎？不過我認識的冒險者夫妻……」
應該很少會有夫妻吵一吵就認真打起來吧。
通常頂多只會爭吵，但卡琪雅認識的夫妻似乎並非如此。
話說每次夫妻吵架，都會演變成戰鬥的夫妻也太危險了吧。
「卡琪雅小姐，請放心。威德林大人不是那麼暴力的人。」
艾莉絲說的沒錯。
不如說，我婚後好像根本就沒跟艾莉絲她們吵過架？
「威爾只有對食物的口味很囉唆。」
伊娜，妳這樣講會顯得我好像很貪吃……
「現在擔心這些事情也沒用。關於卡琪雅小姐的婚禮，只要在新奧伊倫貝爾格騎士領地招待少數幾位賓客就行了吧。畢竟卡琪雅小姐實質上已經透過隧道的開通儀式，和大家打過照面了。」

雖然奧伊倫貝爾格家成了鮑麥斯特伯爵家的附庸，但他們現在也仍是布雷希洛德藩侯家的附庸。

所以只要邀請這兩個貴族家的相關人士就行了吧。

「鮑麥斯特伯爵，你是不是少算了一家？」

「有嗎？」

「離新奧伊倫貝爾格騎士領地最近的領地是？」

「我的老家！」

其實離新奧伊倫貝爾格騎士領地最近的貴族領地，是我的老家鮑麥斯特騎士領地。

順帶一提，我事先曾拜託赫爾曼哥哥盡可能多關照奧伊倫貝爾格家。

雖然如果出了什麼大問題，還是得由鮑麥斯特伯爵家出面處理，但其他日常瑣事，還是交給同為騎士爵的老家幫忙比較方便，效率也比較好。

作為回報，我會給予老家更多的援助，這樣就能讓兩家一起變得更加繁榮。

「這麼一來，也必須邀請赫爾曼哥哥他們才行。」

「那兩個領地原本就很近，舉辦婚喪喜慶時互相邀請，也能強化彼此的關係。再來只要讓兩家聯姻就行了。」

為此，我們得請赫爾曼哥哥也來參加婚禮。

「既然如此，那還是早點去打聲招呼吧。」

「這樣比較好呢。」

伊娜贊成艾莉絲的提議，於是我們決定前往鮑麥斯特騎士領地。

不過在那之前，得先用「瞬間移動」將忙碌的布雷希洛德藩侯送去鮑爾柏格。

「話說，老公啊。」

「卡琪雅，怎麼了嗎？」

「在去老公的老家前，我可以先換下這身禮服嗎？」

「可以啊。反正我的老家也很偏僻。」

之後舉行婚禮時，還會再換上禮服，今天只是私下去打個招呼而已。

鮑麥斯特騎士領地尚未鋪設道路，只能靠徒步移動，所以換回平常的打扮應該比較好行動。

赫爾曼哥哥如果突然看見卡琪雅穿禮服的樣子，或許還會嚇一跳呢。

雖然這樣講好像不太妥當，但鮑麥斯特騎士領地的人們都不太習慣這種事。

「我的老公真是明理。」

「這讓妳這麼高興啊？」

「我討厭這件會妨礙行動的禮服。」

「原來如此，跟我一樣呢。」

我非常能夠理解卡琪雅的心情，因為我原本就不是大貴族家出身，所以也不擅長穿這種貴族服裝。

「我和老公或許個性很合呢。」

卡琪雅快速換回平常的服裝後如此說道，我也贊同她的意見。

＊　＊　＊

「原來如此，威德林的老婆又變多啦。」

「是啊，羨慕嗎？」

「好像很羨慕，又好像不怎麼羨慕……畢竟我光是兩個老婆就搞不定了。」

我們用「瞬間移動」前往鮑麥斯特騎士領地，向赫爾曼哥哥介紹卡琪雅。

雖然消息傳播的速度比較慢，但隧道騷動的經過也傳到了鮑麥斯特騎士領地，就算我說要娶卡琪雅為妻，赫爾曼哥哥也不怎麼驚訝。

「你要邀請我們參加婚禮啊。那真是太感謝了。」

鮑麥斯特騎士領地地處偏遠，很多人到現在都還沒離開過領地。

赫爾曼哥哥似乎也很期待去奧伊倫貝爾格騎士領地參加婚禮。

「得準備賀禮才行。」

「是啊。」

赫爾曼哥哥的妻子瑪琳二嫂，以及他的新側室——某男爵的私生女尤塔小姐，在聽說能參加其他貴族的婚禮時也顯得非常高興。

所謂的某男爵，其實就是費涅男爵。雖然尤塔小姐名義上是他的養女，但她在嫁來這裡前，都是過著平民般的生活，所以並不覺得住在鄉下很辛苦，不過她還是很高興能有機會到外地。

「所以我想麻煩你們在婚禮前，先去奧伊倫貝爾格騎士領地那裡幫忙一下。」

和至今從未意識到其他貴族存在的奧伊倫貝爾格家不同，鮑麥斯特騎士爵家平常多少還是會做些像貴族的事。

為了讓婚禮能夠順利舉行，我拜託赫爾曼哥哥帶人過去幫忙，彌補他們的不足之處。

「要我們過去幫忙嗎？我是無所謂啦……對吧，瑪琳、尤塔。」

「嗯……不過我們也沒什麼立場對別人說三道四……只要辦一場和亞美莉小姐相同規模的婚禮就行了嗎？」

「是要幫忙辦婚禮吧，我知道了。」

雖然尤塔小姐沒什麼自覺，但赫爾曼哥哥和瑪琳二嫂都清楚明白鮑麥斯特騎士爵家在貴族當中的地位並不算高。

他們大概是認為自己的身分沒有高到能夠指導其他貴族吧。

「不過事情並非如此。」

「艾爾文，是這樣嗎？」

「咦……對吧？卡琪雅。」

「若完全交給奧伊倫貝爾格家處理，會讓人有點擔心呢……雖然至少要讓人看得出來是貴族的婚禮，但不曉得他們明不明白這點……」

現在的奧伊倫貝爾格家根本沒能力辦貴族的婚禮，若就這樣放著不管，或許會變成像農家在辦婚禮。

所以我才希望鮑麥斯特騎士爵家，能夠指導奧伊倫貝爾格家辦一場勉強保留貴族色彩的婚禮。

「我了解狀況了。不過，沒想到居然有比我們家還誇張的貴族家……」

「親愛的。」

「真的很驚人對吧。」

赫爾曼哥哥在卡琪雅面前批評奧伊倫貝爾格家，然後被瑪琳二嫂責備。

然而，卡琪雅比誰都清楚自己的老家有多麼不像貴族，所以不僅毫不在意，還跟著表示贊同。

「她感覺是個很好親近的人呢。」

「是啊。」

赫爾曼哥哥說的沒錯，卡琪雅的優點就是直率又健談。

這麼說來，她也認識不少冒險者呢。

「既然如此，只要事先前往奧伊倫貝爾格騎士領地協助他們就行了吧。我們剛好又是鄰居，順便帶點賀禮過去好了。」

「是啊。話雖如此，我們這裡主要也只有蜂蜜、蜂蜜酒和熊。」

「熊嗎？」

我知道這裡有在增加蜂蜜和蜂蜜酒的產量，但不曉得熊也算是特產。

不過這裡也有接納不隸屬於哥爾夫先生的其他獵龍團隊，並承包了將獵到的翼龍和飛龍解體的業務，所以要說這些獵物是特產也沒錯。

「蜂箱設置得愈多，引來的熊就愈多。這也算是有效利用那些被獵殺的熊。」

除了毛皮與熊肉的加工品以外，熊膽也能當成藥材販賣。

「蜂蜜酒正好能用在喜宴上呢。」

「對吧？這種場合絕對少不了酒。難得你邀請我們，我就多帶一點過去吧。」

「謝謝你，赫爾曼哥哥。」

與婚禮有關的事情都已經商量好了。

再來只要讓瑪琳二嫂在婚禮開始的前幾天，帶人到奧伊倫貝爾格騎士領地協助他們舉辦婚禮，順便指導一些必要的事項就行了。

「叔叔。」

「威德林叔叔。」

討論完這些事情後還剩下一點時間，於是我叫姪子和姪女也一起來用餐，然後帶他們去溪邊釣魚。

我在釣魚時，順便講述了帝國內亂的事，身為男孩子的里昂，聽到這話題整個眼睛都亮了起來。
身為女孩子的克萊拉，則是吃著艾莉絲她們準備的點心，和女性成員們一起聊天。
雖然年紀還小，但以女孩子來說，她的個性算是相當穩重。
其實赫爾曼哥哥在內亂期間還生了第三個孩子，但那男孩還是個嬰兒，所以沒辦法一起玩。
「里昂和克萊拉也要來參加婚禮嗎？」
「是的。」
「我是第一次離開領地呢。」
「威德林叔叔，我也是第一次。真令人期待呢。」
不只是這兩個人，鮑麥斯特騎士領地的孩子們，幾乎都沒有離開過這裡。
這讓他們更加期待前往奧伊倫貝爾格騎士領地參加婚禮。
「雖然我很高興你們這麼期待，但我的老家才剛搬家，所以那裡什麼也沒有喔。」
卡琪雅對兩人露出愧疚的表情。
「婚禮前必須採購一些物品，到時候再帶你們去布雷希柏格或鮑爾柏格吧。」
「叔叔，你真的會帶我們去嗎？」
「真的嗎？」
「是啊，我答應你們。」
「「太好啦──」」

從來沒去過大城市的里昂和克萊拉聽到後，都顯得非常高興。

若這件事到這裡就結束，還能算是一段佳話，但此時一位出乎意料的人物投下了一顆炸彈。

「既然如此，下次就用魔導四輪車載你們過去吧。」

「艾莉絲嬸嬸，魔導四輪車是什麼樣的交通工具啊？」

「是一種速度很快，搭乘時感覺非常爽快的交通工具喔。」

「我想坐！」

「我也想！」

「既然如此，我也來幫忙駕駛吧。」

原本一直保持沉默的遙，也跟著表示要幫忙駕駛，讓之前的惡夢再次重演。

看來這兩個人，一直在尋找能合法駕駛魔導四輪車的機會。

「艾莉絲，去奧伊倫貝爾格騎士領地只要用『瞬間移動』就行了。」

「遙小姐，那樣移動時間也會比較短……」

我和艾爾都拚命想阻止兩人的暴行。

我已經掌握了兩個領地的位置，並用「瞬間移動」往來了好幾次，所以不需要勉強開魔導四輪車過去。

應該說，我不能讓還年幼的姪子和姪女經歷那種悲劇。

我無法眼睜睜地看著她們害小孩子產生心靈創傷。

「叔叔，我想搭搭看魔導四輪車。」

「我也是。」

然而，對此一無所知的孩子們，都很開心能搭乘新的交通工具，不如說，如果不讓他們搭魔導四輪車，會顯得我好像是個壞人。

「威德林，那個叫魔導四輪車的交通工具很危險嗎？我家的孩子還小，所以如果很危險……」

「不，基本上算安全。」

「基本上？」

前提是要按照正常的方式駕駛。

雖然這種事每個人應該都能辦到，但遺憾的是，這對那兩個沉迷於速度的人來說非常困難。

如果里昂和克萊拉也在車上，她們或許會因為顧慮到孩子而正常駕駛……不可能……唯獨這兩個人不可能那麼做。

「那麼，就讓伊娜和露易絲開車吧。」

「我想開車。」

「那個……艾莉絲小姐……」

「親愛的，我想開車。」

「……好……」

「啊，我也想開車。」

「（遙也要開啊！話說妳們就真的這麼想開車嗎？）」

儘管語氣一如往常，艾莉絲的話裡卻包含著不由分說的魄力，因此我只能被迫準備魔導四輪車。

遙也跟著搭腔，我和艾爾之後確定將再次嚐到地獄般的滋味。

然後，伊娜她們則是因為逃得快而倖免於難。

幾天後，被捲入艾莉絲和遙的速度競賽的犧牲者們再次聚集……我和艾爾當然也得參加，畢竟我們不能丟下孩子們不管……

「叔叔，速度好快，好好玩喔。」

「我還想再坐！」

「咦？真的嗎？」

雖然我們無奈地讓里昂和克萊拉上了魔導四輪車，但沒想到兩人於奧伊倫貝爾格騎士領地下車時，不僅看起來非常開心，還笑容滿面地如此說道。

至於我和艾爾，則是徹底體悟到那種事情根本無法習慣，到現在還有點不舒服……

「你們真的沒事嗎？」

「嗯，速度好快，好好玩喔。」

「真開心。」

「（明明連露易絲都受不了……）」

孩子們的堅強真是令人驚訝。

「叔叔，艾爾文先生，下次再一起去『兜風』吧。」

「我也想再和叔叔一起出門。」

「……啊哈哈，說得也是……艾爾也一起來吧（別想逃跑！）。」

「我現在就開始期待到晚上睡不著了呢……」

因為確定近期內又得再搭艾莉絲駕駛的魔導四輪車，讓我從現在就開始怕得發抖。

＊　＊　＊

「真的都準備好了呢……」

婚禮當天，位於奧伊倫貝爾格騎士領地內的領主官邸庭院裡擺了許多張桌子，桌上擺了大量由女性成員們製作的料理和點心，以及大量的酒。

之所以準備了那麼多酒，是因為即使鮑麥斯特騎士領地正在增加蜂蜜酒的產量，領民們依然不是每天都喝得到酒。今天對他們來說是個喝酒的好機會。

最近這幾天，提早來到這裡的鮑麥斯特騎士領地的女性成員、艾莉絲等人，以及被找來支援的亞美莉大嫂，都在幫忙奧伊倫貝爾格騎士領地的女性們準備婚禮。

「因為是以鮑麥斯特騎士爵家的婚禮為基準，所以大概就這樣吧？亞美莉，妳覺得如何？」

「我當時是站在接受祝賀的立場，所以光是陪笑臉就竭盡全力，早就沒什麼印象了。實際負責準備的瑪琳，應該比較清楚吧。」

「通常都是這樣呢。」

瑪琳二嫂和亞美莉大嫂將酒和料理端到桌上，順便聊起了自己以前的婚禮。

如果是歷史悠久、擁有獨自的傳統和作法的貴族家，或許會留下相關的指導手冊，但鮑麥斯特騎士爵家不太可能有那種東西。

「點心看起來非常豪華呢。酒也一樣。」

「因為蜂蜜生產得非常順利，所以我帶了許多用蜂蜜做的點心和蜂蜜酒過來。得趁這個機會好好向奧伊倫貝爾格騎士領地的人們推銷一下才行。畢竟以後我們就是鄰居了。」

瑪琳二嫂按照赫爾曼哥哥的指示，在桌上擺滿了用鮑麥斯特騎士領地增產的蜂蜜製成的點心和蜂蜜酒。

他打算讓參加婚禮的奧伊倫貝爾格領民們試吃這些產品，替未來的生意鋪路。

從他這樣的想法，也能看出鮑麥斯特騎士爵家已經變得和以前大不相同了。

「奧伊倫貝爾格騎士領地的特產是番薯啊。」

「那叫馬洛薯，吃起來很甜喔。」

「他們也想向我們推銷自己領地的特產呢。我們的領民們現在也變得比以前有錢，所以或許會買馬洛薯呢。」

瑪琳二嫂看向擺在其他桌子上的馬洛薯料理和點心，露出非常想吃的表情。

女孩子果然都喜歡番薯。

「料理看起來也經過一番研究。」

「這些……大部分都是威爾他們想出來的。」

「我的小叔在很多地方都不像個大貴族呢。」

「不過每到關鍵時刻，就會做出驚人之舉呢。」

就在瑪琳二嫂和亞美莉大嫂這麼說時，為了婚禮做好打扮的卡琪雅從屋內走到庭院。

替她梳妝打扮的艾莉絲等人，也跟著現身。

「哎呀，肚子好餓。」

「喂！新娘不要偷吃東西！」

雖然卡琪雅原本就是個長得像洋娃娃的美少女，但換上被奧伊倫貝爾格卿和法伊特先生形容為「領地有史以來最華麗的禮服（是我準備的）」，配戴由艾莉絲等人挑選的首飾並化好妝後，更是美到讓所有領民看見後都忍不住發出驚嘆。

然而，關鍵的本人卻打算偷吃桌上的料理惹伊娜生氣，讓領民們的驚嘆聲戛然而止。

大概是發現卡琪雅還是和平常一樣吧。

「鮑麥斯特伯爵夫人，沒辦法，卡琪雅大人的個性就是這樣。」

「是啊，因為她今天打扮得像是哪裡來的公主，害我瞬間產生了錯覺。」

「她平常就是這個樣子啦。」

「對啊。」

奧伊倫貝爾格騎士領地的領主一家子，都和領民們關係良好，所以他們也很清楚卡琪雅是個野丫頭。

「你們好歹今天也把我當成公主對待吧。」

「卡琪雅大人，我們在婚禮期間會這麼做啦……」

「如果新娘想被當成公主對待，就不應該偷吃東西吧。真是太不像話了。」

「囉唆！」

偷吃的事情被人揶揄，讓卡琪雅氣得大喊，但領民們全都笑了起來。

雖然嘴巴不饒人，不過卡琪雅也明白大家是發自內心在替自己慶祝。

「爸爸和哥哥呢？」

「他們去接神父了。」

法伊特先生的未婚妻瑪莉塔，向卡琪雅說明自己的未婚夫和奧伊倫貝爾格卿去了哪裡。

因為婚禮即將開始，所以他們去叫負責主持婚禮的神父了。

「你們不在教會辦婚禮啊。」

「因為這裡還沒有教會。」

「說得也是。」

其中一位領民回答露易絲的疑問。

奧伊倫貝爾格騎士領地才剛遷來這裡，連教會都還沒蓋好。

反正這裡也不會蓋多大的教會，就算已經完工也無法容納所有參加婚禮的人。

所以我們才決定在官邸的庭院舉辦婚禮。

「嗝！今天是個吉日呢。」

「神父，你已經開始喝酒了嗎？」

「各位，我只是稍微確認一下儀式要用的『神之水』有沒有問題而已。」

「你也確認得太詳細了吧。」

「「「「「「啊哈哈哈！」」」」」」

雖然婚禮的規模幾乎和鮑麥斯特騎士爵家指導的一樣，但依然有些地方是優先採取奧伊倫貝爾格家代代相傳的作法。

大概也只有奧伊倫貝爾格騎士領地，會將酒當成「神之水」供奉了。

「艾爾先生，應該不需要試喝吧？」

「那個神父只是單純想喝酒吧？」

「咦？但他可是神父耶？」

「像這種鄉下地方的神父，大多都比較不拘小節……」

事先準備好的小祭壇上，擺滿了在奧伊倫貝爾格騎士領地採收的蔬菜與水果，在這些祭品中間，還供奉著馬洛薯和領民們自己釀的酒。

王都的教會並沒有規定要準備供品，這應該是奧伊倫貝爾格騎士領地或其他偏遠地區的領地才有的地方習俗吧。

「雖然婚禮後就能喝酒……已經算是心照不宣的祕密，但至少婚禮前不應該喝吧。」

假借確認名義喝酒的鬆懈神父，讓個性認真的艾莉絲忍不住抱怨了起來。

「算了啦，今天是值得慶賀的日子。」

「偶爾可以不用那麼嚴格啦。」

「人生有時候就是需要放鬆！」

此時，作為少數例外受邀而來的布雷希洛德藩侯、布蘭塔克先生和導師，巧妙地勸導艾莉絲。

「舅舅？」

「這塊土地有這塊土地的規矩！在下年輕時也曾四處旅行，所以很清楚這點！」

人生經驗豐富的導師笑著向艾莉絲解釋，如果是獻上活祭品，那還有理由干涉，但在祭壇上供酒，以及被神父偷喝了一點，都不是什麼大不了的事情。

「那麼，差不多該開始了。」

「作為祭品的馬洛薯也準備好了。」

「是啊。而且還有很多蜂蜜酒呢。」

奧伊倫貝爾格卿、法伊特先生和赫爾曼哥哥也都到了，我和卡琪雅的婚禮終於要開始了。

穿著有點破舊的神官服的神父，站到供奉著蔬菜、水果和酒的小祭壇前面，開始向神明祈禱。

「天上的神啊，在此向您報告有兩位神的孩子將結為夫妻。」

雖然看起來有點像動土儀式，但這也算是地方差異，所以我決定不去在意。

這位神父姑且算是隸屬於正教徒派，霍恩海姆樞機主教當初在蒐集與隧道騷動有關的情報時，似乎並沒有花上太多工夫，這表示他應該是個好使喚又對總部極為順從的人。

不過這位神父的族人代代都在奧伊倫貝爾格騎士領地擔任神官，所以其實他連王都也沒去過。

就算教會那邊有什麼重要的事情，他也都是在布雷希柏格的分部處理，不會前往王都。

正因為如此，他的個性才不像總部的人那麼嚴謹。

「那麼……咳嗯！神的孩子，新郎威德林．馮．班諾．鮑麥斯特，您願意發誓娶卡琪雅．法蘭克．馮．奧伊倫貝爾格為妻，並愛她一輩子嗎？」

「是的，我發誓。」

「神的孩子，新娘卡琪雅．法蘭克．馮．奧伊倫貝爾格，您願意發誓嫁給威德林．馮．班諾．鮑麥斯特，並愛他一輩子嗎？」

「是的，我發誓。」

雖然我忍不住在心裡想著「包含艾莉絲她們的婚禮在內，這到底是我第幾次結婚啦？」但我還是在對神父說完誓詞後，將臉靠向卡琪雅親吻她。

「（啊——我沒做過這種事，所以好緊張喔。）」

卡琪雅小聲地說出這種很遜的臺詞，但這反而讓我對她產生了好感。

她明明是貴族，卻和我一樣擁有完全不像貴族的部分，讓我非常有共鳴。

「卡琪雅大人，這種事一輩子只有一次，請安靜一點。」

「卡琪雅大人，您只要不說話就很漂亮。」

奧伊倫貝爾格騎士領地的領民們似乎也這麼認為，雖然他們從旁提出許多不太適合對貴族說的建議，但同時也能看出他們非常擔心卡琪雅是否能夠順利完成婚禮。

誓約之吻結束後，我將事先準備好的結婚戒指戴到她的手指上，讓婚禮平安落幕。

「兩位順利結為夫妻了。接下來請自由地吃喝吧。」

「這儀式還真隨便……」

「總比莫名地漫長要好吧。肚子好餓。」

「雖然我確實是餓了……」

神父一下就主持完婚禮，並在最後叫大家開心吃喝，這種在王都絕對看不見的場景，讓卡特琳娜姑且抱怨了一下。

薇爾瑪則認為反正是只有熟人參加的婚禮，當然輕鬆一點比較好，她稱讚完神父後，自己也開始吃起了桌上的料理。

為了這一天，鮑麥斯特騎士爵家和奧伊倫貝爾格家事先準備了許多食材，女性成員們更是從早上就開始製作料理。

參加者包含了奧伊倫貝爾格騎士領地的所有領民，以及志願來這裡進行交流的鮑麥斯特騎士領地的領民，大家都開心地享用料理和美酒。

「呼——肚子好餓。」

「卡琪雅，先去打招呼。」

雖然身為新娘的卡琪雅首先想到的是吃東西，但馬上被露易絲阻止，因為她必須先去和賓客們打招呼。

「晚點吃東西的時候，絕對要請別人幫忙拿喔。不然會弄髒禮服。」

「我知道啦，亞美莉姊。」

因為料理的醬汁會弄髒禮服，所以亞美莉大嫂也跟著來阻止卡琪雅偷吃，從今天早上開始就忙著準備婚禮，沒時間吃東西的卡琪雅瞬間露出不滿的表情，但還是立刻轉換表情，去向布雷希洛德藩侯打招呼。

「卡琪雅大人，恭喜妳結婚。」

「謝謝。前陣子給你添麻煩了。」

布雷希洛德藩侯向卡琪雅道賀，卡琪雅在回禮的同時，也再次針對前陣子的隧道騷動道歉。

「算了啦，事情結束後，反而讓人覺得是段開心的回憶呢。」

接著，卡琪雅準備去向其他受邀參加婚禮的外地人士打招呼，但這次的婚禮只邀請自己人，所以重要人物也就只有赫爾曼哥哥而已。

至於赫爾曼哥哥，大概是之前準備時太忙，變得疲憊不堪，正獨自吃著用馬洛薯做的「拔絲地瓜」。

這也是我教艾莉絲她們製作的料理。

平常為了讓表面變得酥脆，我都會用砂糖製作醬汁，但今天的婚禮是由兩個領地聯合舉辦，所以我改用鮑麥斯特騎士領地特產的蜂蜜做了大量的拔絲地瓜。

參加婚禮的兩地領民，都津津有味地吃著拔絲地瓜。

「赫爾曼哥哥。」

「喔！恭喜啊，威德林。有這麼多老婆，應該很辛苦吧。」

「嗯，是啊……」

「話說回來，這個叫『拔絲地瓜』的料理真好吃。雖然很難判斷到底是配菜還是點心，名稱也讓人難以理解。」

其實是我想不出適合這個世界的料理名稱，所以直接叫它拔絲地瓜，然後這個名字就被艾莉絲她們傳開了。

我本來有考慮過直接命名為「蜂蜜地瓜」，但感覺這樣給人的印象又太薄弱了。

「哎呀，我和法伊特大人都很忙呢。」

「咦？你們很忙嗎？」

「布雷希洛德藩侯大人，帶了一堆布雷希柏格的大商會當家，還有周邊領地的商人們過來。因為魔導飛行船已經開始有定期航班，所以他們想把蜂蜜和蜂蜜酒運到外地賣。雖然在商討時，也考慮過外銷奧伊倫貝爾格家的馬洛薯，但生產量是個問題呢。」

說明完後，赫爾曼哥哥開始和法伊特先生一起與許多商人們商談。

他們一面享用桌上的料理和酒，一面進行討論。

「法伊特大人，有辦法增加馬洛薯的生產量嗎？」

「雖然要花點時間，但因為鮑麥斯特伯爵大人幫我們把土運到了新領地，所以應該可以產出接近原本生產量的數量。」

「真不愧是鮑麥斯特伯爵大人。」

其中一位商人稱讚我的魔法。

「雖然我很想說那真是太好了……但短期內無法取得味道甜美的馬洛薯，還是令人頭疼啊。」

「雖然有些地方開始模仿奧伊倫貝爾格騎士領地種植馬洛薯，但味道都不怎麼甜。」

商人們似乎都想要奧伊倫貝爾格騎士領地產的高品質馬洛薯。

雖然其他貴族也想試著模仿奧伊倫貝爾格家的方式賺錢，但還是很難種出味道甜美的馬洛薯。

因為味道不怎麼甜，所以商人們也不會高價收購。

「這個叫『拔絲地瓜』的料理真不錯呢。」

「最棒的是，即使用的馬洛薯本身沒有很甜，還是能做出美味的成品。」

「這麼一來，也能一併促銷蜂蜜。販賣食材時順便介紹調理方式，也是不錯的手法呢。」

婚禮的參加者們享用著各式各樣用馬洛薯和蜂蜜製成的料理和點心，種類多到讓商人們大感佩服。

他們似乎也明白只要販賣食材時，能夠一併教顧客美味的料理方式，就能增加銷量。

「這都是鮑麥斯特伯爵大人的提案。」

「不愧是據說對吃非常挑剔的鮑麥斯特伯爵大人。」

法伊特先生的話，讓商人們佩服不已。

看來我在不知不覺間，已經被當成是個對吃很挑剔的男人了。

「咦？這有什麼好意外的？根據我聽到的傳聞，大家都說老公非常喜愛美味又稀奇的食物，不僅會自己開發新料理，對難吃的食物更是毫不留情。」

我明明只是希望能打造出和以前在日本時一樣的飲食生活……

只是大貴族一旦這麼做，就會獲得「開創新的飲食文化」之類誇張的評價。

還有，說我對難吃的食物毫不留情也不正確。

我只是不會再吃第二次，也不曾動用權力讓那種食物消失。

「謠言真的很可怕呢。」

這些謠言，應該就是像這樣在我不知道的地方傳開的吧。

「哥哥好像很忙，所以就別去和他打招呼了。」
「這樣沒關係嗎？」
「如果現在過去，一定會被商人們包圍。」
「說得也是。」
卡琪雅說的話實在太有道理，讓我坦率地表示贊同。
或許又會有商人想把女兒嫁給我。
「老公，應該不用再打招呼了吧。」
「的確……」
雖然是我和卡琪雅的婚禮，但感覺每個參加者都在各自做自己想做的事。
「噗哈──！鮑麥斯特騎士爵家的蜂蜜酒還是一樣好喝！」
「白天喝酒真是太棒了！」
「是啊，今天真是來對了。」
布蘭塔克先生、導師和布雷希洛德藩侯，已經完全喝開了。
不論是奧伊倫貝爾格騎士領地的領民，還是鮑麥斯特騎士領地的人，都在喝了用自家的馬洛薯釀造的酒後，醉得非常開心。
「真是沒用大人的典範。」
「偶爾在這種場合放鬆一下也無所謂吧？」

尤其布雷希洛德藩侯平常都辛苦地在工作。

導師……應該也算忙吧。

畢竟他好歹是王宮首席魔導師。

「艾莉絲大人，再來一碗。」

「請用，還有很多喔。」

至於女性成員們和小孩，則是正在享用自己製作的料理和點心。

奧伊倫貝爾格騎士領地的孩子們，都沉迷於平常沒機會吃到的新奇料理和點心。

「不用急，還有很多。」

伊娜她們也在幫忙分送食物給孩子們。

「這種點心，在家裡也做得出來嗎？」

「只要有材料就做得出來。作法是……」

遙則是在細心地指導向自己請教點心作法的奧伊倫貝爾格騎士領地的婦女們。

「找機會請認識的甜點店做做看吧。」

然後，商人們見狀也開始思考新的生意，讓場面變得愈來愈不像婚禮。

「喂，老公，這裡是婚禮會場吧？」

「有什麼關係？反正該做的事都做了，大家開心就好。」

「說得也是。」

反正已經辦過婚禮了，所以卡琪雅也開始覺得只要大家開心就好。

她這種乾脆的個性，果然讓人很有好感。卡琪雅以客觀的角度觀察過大家後，產生了某個感想。

「比起婚禮，更像是慶典啊，就像用來宣傳在地食材的物產展呢。」

第二話　蜜月旅行與彩虹石

「呼啊——睡得好飽。」

與卡琪雅舉行過婚禮的三天後，因為我們剛新婚，所以是一起睡，但我一醒來就發現她不見了。

我本來以為她應該是去鍛鍊了，但一前往客廳就發現……

「早安，老公……」

「咦？這是懲罰遊戲嗎？」

「是露易絲叫我穿的……」

我一入座準備吃早餐，就發現負責端菜的卡琪雅穿著黑色女僕裝（新版本），害羞地站在旁邊。

卡琪雅姣好的五官，和黑色女僕裝非常搭配。

雖然認識的時間不長，但我對卡琪雅還是有一定程度的了解。

我知道她不可能主動穿上女僕裝。

不如說以她的個性，應該會覺得這種打扮很難為情。

「雖然妳穿起來很好看，但妳應該不會自己主動穿這種衣服吧。」

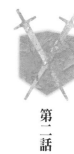

「老公……幸好你懂我。」

卡琪雅似乎感到愈來愈難為情，臉也逐漸變紅。

她原本以為自己一輩子都與女僕裝無緣，所以才更加覺得難為情吧。

「咦？該不會是霸凌吧？」

露易絲是在欺負新來的卡琪雅嗎？

我本來以為我的妻子們感情都很好，或許我有必要好好跟她們溝通一下。

「別講得這麼難聽啦。我才不會做那種事。」

此時，被我懷疑欺負卡琪雅的露易絲現身了。

伊娜等人，也跟在她後面進來吃早餐。

「我只是覺得卡琪雅應該很適合女僕裝，所以才想請她穿穿看。」

「妳真是毫不掩飾自己的慾望。」

「哈哈哈，偶爾像這樣也不錯吧。」

伊娜銳利地指責露易絲，但後者完全不為所動，坦白地說出自己的想法。

「除此之外，我也在想威爾差不多該帶卡琪雅去度蜜月了吧。」

「這麼說來，我確實忘了這件事。」

「威爾，你這樣不行啦。」

婚禮、初夜和新婚生活加起來實在讓人太過忙碌……雖然總共只有三、四天而已……害我徹底忘了這件事。

再加上其實我這幾天，白天都忙著在處理羅德里希委託的土木工程。

『主公大人，您晚上都沒事，所以就算剛新婚也沒問題。』

他得意地如此說道，然後接連幫我安排了許多工作，某方面來說，羅德里希真的是個不得了的傢伙。

「度蜜月？只有大貴族或有錢人才會搞這套吧？我是無所謂啦。」

「所以說，卡琪雅現在不就是大貴族鮑麥斯特伯爵的妻子嗎？」

「說得也是，我都忘了。」

「別忘記啦。」

伊娜提醒卡琪雅「妳明明三天前才剛舉行過婚禮……」

「妳們之前也有跟老公去度蜜月嗎？」

「之前去帝國的親善訪問，也兼蜜月旅行。」

沒錯。

雖然中途被捲入內亂，但那就是我和艾莉絲她們的蜜月旅行。

某方面來說，那確實是趟令人絕對難以忘懷、充滿震撼力的旅行。

「那場蜜月度得還真久。」

「應該有一年以上吧。」

薇爾瑪說的沒錯，如果直到回家為止都算是蜜月旅行，那我們確實在帝國度了一年以上的蜜月。

「所以妳只要單獨和威爾大人出門兩三天就行了。」

「沒錯。我就是預期到這件事，才叫妳換上女僕裝。」

只有我和卡琪雅能出去度蜜月，讓卡特琳娜她們覺得既羨慕又有點不是滋味，所以她們才叫卡琪雅穿女僕裝，並藉此取樂吧。

「卡琪雅，這樣就讓妳去度蜜月算很好了，妳要感謝我們的寬容。」

「所以妳們才叫我打扮得這麼難為情啊……話說這裙子也太短了。」

我設計的女僕裝是現代日本風格，所以裙子非常短，讓卡琪雅害羞地夾緊雙腿。

「卡琪雅小姐，妳有什麼想去的地方嗎？」

「這個嘛……」

艾莉絲的問題，讓卡琪雅稍微思考了一下。

「因為有些委託會指名我去處理，所以國內我幾乎都去過了。」

卡琪雅是個優秀的冒險者，她能獨自打倒翼龍和飛龍這點獲得很高的評價，許多地方都想委託她。

拜此之賜，她經常到各地旅行。

「那麼，可以考慮去帝國呢。」

就算是卡琪雅，應該也沒去過帝國。

艾莉絲基於這樣的想法，推薦她去帝國度蜜月。

「呃，帝國可以等以後再去。其實……」

卡琪雅似乎總算整理好想法，告訴大家她想去的地方。

「這樣就行了嗎？」

「既然本人都這麼說了，應該沒問題吧。」

「我也覺得只要卡琪雅高興就好。」

「真是個怪人。」

「既然本人如此希望，就應該尊重她的意見。」

於是，我們從隔天開始，就按照卡琪雅的希望出發去度蜜月。

＊　＊　＊

「這種蜜月旅行確實是滿奇特的。而且還讓我和遙小姐一起同行。」

「希望和大家一起開心地出門這點，很符合卡琪雅小姐的風格呢。」

「說得也是。這樣我和遙小姐也能自由狩獵，真是太棒了。」

隔天，我們用「瞬間移動」前往魔之森。

卡琪雅想要的蜜月旅行，就是以冒險者的身分，在魔之森自由地狩獵三天。

而且成員還不只有我和卡琪雅，艾莉絲、伊娜、露易絲、薇爾瑪、卡特琳娜、艾爾和遙這些固定班底也將一起同行。

居然這麼多人一起出去度蜜月……雖然上次也是這樣。

「我們真的也可以跟去嗎？」

「哎呀，我也覺得和艾莉絲你們還不夠熟。如果只有我和老公結為夫妻，那就會是兩個人一起出門，但我們接下來還要共同生活很長一段時間吧，所以還是大家一起熱鬧一下比較好。」

原來如此，這就是所謂的「陽光性格」吧。

我總算理解為什麼卡琪雅會有那麼多熟人和工作夥伴了。

雖然不像卡特琳娜那麼誇張，但我也不太擅長交際，所以覺得卡琪雅很厲害。

此外，卡琪雅並非基於刻意的盤算，而是順從本性做到這些事情，所以我才說她是「陽光性格」。

「那麼，另一個目的是什麼？」

「哈哈哈，真是瞞不過露易絲。其實我沒來過魔之森。」

卡琪雅平常接的委託，都是要快速驅逐出現在村落附近的翼龍和飛龍。

她似乎因此沒時間來魔之森，所以覺得這是個好機會。

在顧慮他人的同時，也會好好滿足自己的願望，這點真的很了不起。

「感覺跟平常沒什麼兩樣呢。雖然對我來說正好。」

「可以放鬆，真是不錯呢。」

「是啊，遙小姐。」

艾爾和遙也不反對，於是這場看起來不太像蜜月旅行的蜜月旅行就此開始。

「得先找好旅館。」

「在那之前，要先去公會打個招呼。」

「說得也是。」

薇爾瑪的意見，讓伊娜露出贊同的表情。

雖然我是這塊土地的領主，但在以冒險者的身分活動時，還是不能有特別待遇，如果沒打聲招呼就擅自狩獵，公會那邊一定會亂了手腳，所以還是先去打個招呼比較好。

「新房子還在蓋呢。」

「畢竟靠一開始臨時搭建的簡陋小屋，根本就無法應對持續增加的冒險者。」

「的確，人都滿到外面了……」

冒險者公會的魔之森分部，就位於冒險者經常利用的旅館區和餐廳區中央，但那裡現在連外面都擠滿了人。

就算只是採集也能賺到錢的魔之森相當受冒險者們歡迎，所以留在魔之森的冒險者也逐漸增加。

負責管理他們和收購魔物素材與採集物的冒險者公會，也因此變得愈來愈忙，光靠一開始蓋的簡陋小屋，根本來不及處理所有的業務。

儘管後來立刻在旁邊的空地蓋了新房子，但目前還沒完工，所以職員們在外面設了臨時櫃檯受理冒險者的業務。

「跟傳聞一樣，非常多人呢。」

「傳聞？」

「你不知道嗎？冒險者們都在傳，說魔之森是個賺錢的好地方。聽說這裡有許多稀有的素材和採集物，所以我也很有興趣。」

「喔——這樣啊。」

話雖如此，我還是覺得蜜月旅行想去魔之森狩獵和採集的卡琪雅很怪，但滿足妻子的願望也是丈夫的工作。

畢竟這並不是什麼亂來的要求。

「威爾，那裡有人看起來很高興耶。」

「咦？」

伊娜注視的方向，有一個設置在外面的臨時櫃檯，一名年輕的男冒險者，正興奮地和公會職員對話，看起來非常開心。

「我幸運地獲得了這顆彩虹石。」

「那真是恭喜你，我們將以高價收購。」

「不好意思，這個我要帶回去。我要結婚了，所以打算把這個做成戒指送人。」

「這樣你的戀人應該也會很高興吧。」

「畢竟就連王族或貴族的千金，都沒什麼人有彩虹石。」

從名稱來推斷，那個叫彩虹石的東西……應該是一種寶石，但那位年輕冒險者似乎不打算將彩虹石賣給公會，想要直接帶回家。

他表示自己即將結婚，想將彩虹石送給未婚妻。

「艾莉絲，妳知道什麼是彩虹石嗎？」

「不，我第一次聽說這種寶石。」

「艾莉絲也不知道啊……打擾一下。」

我向剛才與年輕男冒險者對話的公會職員搭話。

「啊，這不是鮑麥斯特伯爵大人嗎？好久不見，您今天要來魔之森狩獵和採集嗎？」

那位職員似乎知道我的身分，在驚訝的同時也不忘彬彬有禮地對應。

「是這樣沒錯，但我可以問一件事嗎？彩虹石是什麼東西？」

「是一種最近在魔之森發現的新寶石。嚴格來說其實不算是寶石……」

根據職員的說明，他們似乎在魔之森的某個區域發現了新種的魔物。

「雖說是魔物，但只是身長約五十公分的小松鼠，力量並沒有強到能危害人類。相對地，牠們移動的速度快到看不見，因此很難抓到。在那種松鼠的額頭間埋有彩虹石，因為那種石頭很漂亮，所以非常受歡迎。」

儘管沒有戰鬥力，但速度非常快的魔物啊。

看來魔之森還有許多未知的魔物。

「不曉得《圖解魔物．產物大全》裡面有沒有記載？」

雖然我沒有把整本書都看得很仔細，但印象中從布雷希洛德藩侯那裡借來的古老圖鑑裡並沒有記載這種魔物。

「沒有喔。因為我們也需要這本《圖解魔物．產物大全》，所以我請布雷希洛德藩侯幫忙複製了一本，裡面確實沒有記載。」

就連古代魔法文明時代的詳細圖鑑都沒記載啊。

或許以後還會發現更多未知的魔物與採集物也不一定。

「王都的學者們已經調查過了，彩虹石嚴格來講似乎不是寶石。」

松鼠的額頭中心，原本有長眼睛。

根據學者們的推測，那個眼睛退化後，產生的凹洞會逐漸累積眼屎，等累積到一定尺寸後，就會散發彩虹色的光芒。

「原本是眼屎啊。」

「因為外觀非常漂亮，所以就算是眼屎，依然廣受歡迎，只是學者們目前還不曉得那東西為何會發出彩虹色的光芒。除此之外，還有另一個問題。」

那就是一定要抓到沒受傷的松鼠，才能取得彩虹石。

如果傷害或殺害松鼠，埋在額頭裡的彩虹石就會變成一文不值的褐色硬塊。

是因為彩虹石會受到壓力影響嗎？

「必須在不造成傷害的情況下抓住牠啊。」

「是的，如果傷害或殺害牠，彩虹石就會失去光輝。必須抓到沒受傷的松鼠，再小心翼翼地從額頭上挖出彩虹石。就算沒有彩虹石，松鼠也不會死，所以請直接釋放牠們。」

在經過漫長的歲月後，失去彩虹石的松鼠額頭又會重新累積眼屎。

等累積到超過一定尺寸後，就會再次發出彩虹色的光輝。

「所謂漫長的歲月，大概是多久啊？」

露易絲好奇地向職員問道。

「根據學者們的說法，大約是一千年。」

「喔——所以是一千年只能取得一個的寶石啊。」

「因為難以取得，所以接連出現許多想要購買這種稀有寶石的王宮貴族和有錢人。」

按照職員的說明，隨著公會的收購價格急速攀升，盯上彩虹石的冒險者也變得愈來愈多。

「不是淘金潮，而是彩虹石潮啊。畢竟有可能一夜致富，而且沒有女性會討厭寶石呢。」

這個世界也是只要一發現黃金，就會吸引許多人來挖掘。

所以就算艾爾用淘金潮來比喻也很正常。

「雖然大部分的人，都在第一天就陷入挫折。」

「為什麼？」

「因為那些松鼠的速度異常地快。許多人都以為不管動作再怎麼快，應該都還是有辦法應付，但大部分的人最後都失敗了。」

公會職員開始向薇爾瑪說明松鼠的速度有多快。

「那些松鼠的速度快到大部分的人就算移動到牠們附近，還是看不清楚牠們的身影。即使動態視力好到能看見牠們，也不見得有辦法抓到。」

「那設陷阱呢？」

「牠們不僅速度快，頭腦也很聰明，目前還沒有任何一隻松鼠中過陷阱。而且因為地點是在魔之森，所以陷阱也經常被其他魔物破壞。」

「那還真是不容易。」

薇爾瑪似乎總算明白要抓住那些松鼠有多困難了。

「稀有的彩虹色寶石啊。被人這麼一說後，突然變得很想要了。」

因為是連王宮貴族都想要的稀有寶石，所以讓對貴族身分非常執著的卡特琳娜變得蠢蠢欲動。

「卡特琳娜，妳啊。」

「我大概知道露易絲小姐想說什麼，但身為女性，應該沒有人會討厭寶石吧？」

「妳這樣講，我就沒辦法反駁了。畢竟我也不是個清心寡欲的人。」

露易絲似乎也想要彩虹石。

「卡琪雅對彩虹石有興趣嗎？」

大家都沒看過卡琪雅配戴寶石，所以伊娜沒想太多就直接問她。

「寶石啊。雖然我沒戴過也沒買過，但現在剛好在度蜜月，如果有機會抓到，或許會想留下來做紀念。」

卡琪雅表示她對寶石並沒有特別感興趣，但現在正好想要個紀念品。

「作為結婚紀念啊。」

「聽說好像沒那麼容易抓到，難得有機會進森林，試試看也無所謂吧？如果有抓到，希望老公能送我當禮物。」

「好啊。」

我答應了卡琪雅的要求。

隧道騷動結束後，卡琪雅既沒有提出過任性的要求，也沒有給我們添麻煩，而且她的性格也沒貪心到非取得彩虹石不可。因此，卡琪雅只是隨口拜託我如果有取得彩虹石就送給她，我也爽快地答應了。

「那麼，我們立刻前往魔之森吧。」

「喔——！」

「艾爾，你還真是有幹勁呢。」

「我和遙小姐也馬上就要結婚了。所以我一定要取得彩虹石送給她。」

據說彩虹石是最適合製成訂婚戒指的素材。

所以艾爾才那麼想要吧。

「得先確認那種松鼠的動作到底有多快。」

「不過再快也是有個限度。應該至少能抓到幾隻吧？」

受到艾爾樂觀的想法鼓舞，我們走進了魔之森。

＊　＊　＊

「噗喔！」

「艾爾先生，你沒事吧？我立刻幫你治療。」

「抱歉，艾莉絲。」

應該至少也能抓到一隻。

抱著這樣的想法，我們來到了公會職員告訴我們的地區，不過光是想找到松鼠，就費了不少工夫。

不對，應該說雖然牠們分散在各處，但我的魔法還是有「探測」到松鼠。

只是就算看向牠們的所在地，以我的視力還是無法確認松鼠的存在。

牠們只要一察覺到人的氣息就會逃跑，我只感覺得到有小動物在移動，連殘像都看不見。

艾爾也是如此，他為了送遙彩虹石而過度勉強自己，撞上松鼠棲息的樹木，正在接受艾莉絲的治療。

「真的看不見……動作未免也太快了。」

「所以牠們才能在這座魔之森活下來吧。」

艾莉絲對艾爾使用治癒魔法，同時發表自己的意見。

以魔物來說，這些松鼠不僅身材嬌小，又沒什麼力量，所以才要靠強化速度逃避其他魔物，讓自己存活下來。

「如果只是速度稍微有點快，市面上應該會有更多彩虹石流通吧。」

伊娜說的沒錯，就是因為即使許多厲害冒險者一起上也抓不到牠們，才讓彩虹石成了稀有的存在。

「威爾大人，只要用魔法提升速度就行了。」

「雖然我也有考慮過這招……」

用魔法將自己的速度提升到與松鼠一樣或更快，再去捕捉牠們。

薇爾瑪提議的作戰，如果是在沒有任何障礙物的平原或許行得通，但這裡是松鼠們棲息的魔之森。

這裡到處都是樹木，用魔法進行高速移動可能會撞到障礙物。

「只要迅速穿梭在樹木之間就行了。」
「這也有點困難……」
必須要經過一定程度的訓練，才有辦法學會這種戰鬥方式，就算從現在開始練習，也要花上好幾年的時間。
「在準備不充分的情況下用這招，只會落得和艾爾一樣的下場。」
也就是撞上樹木，然後接受艾莉絲的治療。
「雖然魔法很方便，但還是要經過訓練才能活用，並不是真的無所不能。」
「真遺憾。」
薇爾瑪也是女孩子，因此似乎多少還是期待能收到彩虹石當禮物。
我前世交往過的女朋友也曾說過「沒有女孩子會討厭寶石」。
「而且還有一個難題。」
卡特琳娜表示若想取得彩虹石，還得再解決一個問題。
「還有啊？」
「沒錯，這裡在琳蓋亞大陸中，也算是數一數二的魔物密集地帶。即使我們的目標只有彩虹石，其他魔物也不會因此就避開我們。」
「說得也是……」
魔之森的魔物原本就非常凶暴。

牠們只把侵入自己地盤的弱小人類當成食物。

用「探測」魔法調查周圍後，我發現有許多中、大型魔物正朝這裡過來。

「準備戰鬥吧。」

剛接受過艾莉絲治療的艾爾靠向遙，和她一起保護我們當中最缺乏戰鬥力的艾莉絲，伊娜拿起長槍，薇爾瑪舉起巨斧，準備和魔物戰鬥。

「仔細想想，這就是卡琪雅小姐一開始想要的蜜月旅行呢。畢竟這樣就能盡情狩獵魔之森的魔物了。」

「是這樣沒錯啦……」

十幾秒後，我們開始與眾多想將人類趕出地盤的魔物交戰。

＊　＊　＊

「好久沒像這樣大豐收了。」

「這些魔物真的是有夠糾纏不休。到底是為什麼啊？」

「這個地區是松鼠的棲息地，所以應該有許多冒險者為了彩虹石來到這裡，雖然應該不至於所有人都陣亡，但魔物們可能以為這裡會定期有獵物出現吧？」

擊敗那些想吃掉我們的魔物後，我們將打倒的獵物收進魔法袋裡，談論剛才發生的事情。

「大概就是這樣吧。畢竟這裡是魔之森。」
魔之森是個賺錢的地方，但同時冒險者的殉職率也很高。
即使如此，為了追求快速致富和安定將來而來到這裡的冒險者依然絡繹不絕。
卡特琳娜推測或許是因為想要彩虹石的冒險者都集中在這個區域，才導致盯上他們的魔物變多。
軟弱的人類對魔物來說，不過只是食物。
「這樣應該就暫時沒問題了。雖然真的只是暫時而已。」
打倒了這麼多魔物，接下來的幾天，魔物的數量應該會變少。
因為這裡是魔之森，所以這樣的情況頂多只能維持幾天。
「松鼠都逃跑了嗎？」
「不，雖然稍微拉開了距離，但周圍還是有零星的反應。」
卡特琳娜也「探測」到幾個松鼠的反應。
松鼠在魔之森裡幾乎可以說是最弱的存在，對其他魔物來說就只是食物而已。
所以在我們趕跑了大部分的魔物後，牠們並沒有逃離這個地區。
當然，牠們還是為了避免被我們抓住而保持了一段距離。
「牠們真聰明。」
「是啊，或許比艾爾聰明一萬倍呢。」
「我比松鼠還不如啊！話說都沒有看見露易絲和卡琪雅呢。」

「這麼說來，她們剛才也沒參與戰鬥呢。」

艾爾和遙發現露易絲和卡琪雅消失了好一段時間。

「該不會被魔物……」

「不可能啦。」

露易絲就算一個人也很強，卡琪雅雖然單看戰鬥力比不上露易絲，但她是我們當中經驗最豐富的冒險者。

她們應該不可能亂來。

「那兩個人到底跑去哪裡了？」

「我在這裡喔。」

「我也在。」

雖然應該只是碰巧現身，但總之兩人突然從上方跳了下來。

看來兩人在我們與魔物戰鬥時，一直靜悄悄地躲在巨樹上。

「露易絲，卡琪雅，抓到了嗎？」

「很順利呢。」

「我也抓到了。」

兩人消除自己的氣息，持續埋伏在樹上，然後漂亮地抓住了被我們驅逐魔物的巨響嚇到逃跑的松鼠。

即使敏捷如露易絲和卡琪雅，還是得慎重地埋伏才能抓到松鼠，可見牠們的速度確實快得驚人，不愧是牠們唯一的武器。

「哎呀，好可愛。」

被兩人各自用雙手抓住的松鼠完全沒有掙扎，大概是放棄了吧。

雖然以松鼠來說體型算大，但圓圓的眼睛看起來非常可愛。

「親愛的，您看牠吃了。」

艾莉絲一拿出樹果，松鼠就用雙手抓住，開始「喀喀喀」地吃了起來。

「真的好可愛喔。」

伊娜也餵另一隻松鼠樹果，然後陶醉在松鼠的可愛當中。

「我說啊，我們的目的不是彩虹石嗎？」

「說得也是。都怪牠們太可愛了。」

「真的有彩虹色的寶石耶。」

這種松鼠和一般松鼠的差異，就是額頭中央那顆閃耀著彩虹色光芒的寶石。

寶石的直徑大約是三公分，實際看過這種光芒後，不難理解為何女性會想要。

也難怪這會成為受歡迎的飾品材料。

「要挖下來嗎？感覺有點可憐耶。」

「放心啦，這對松鼠無害。」

薇爾瑪說的沒錯，因為這個彩虹石只是在松鼠退化的第三隻眼睛形成的凹洞累積的眼屎。即使挖走也不會對松鼠造成什麼負面影響，只要過一千年就會再形成相同大小的彩虹石。一千年這個時間，是王都的學者們分析過彩虹石後獲得的結果。

「一千年啊……對人類來說是段漫長的歲月。這種松鼠似乎很長壽呢。」

「畢竟至少能活一千年。」

明明是松鼠，壽命卻超過一千年。再次確認這種松鼠也是魔物後，艾爾和遙稍微讚嘆了一下。

「威爾大人，快點回收彩虹石放牠們走吧。」

「說得也是。」

我們本來就不需要松鼠的本體。

這種尺寸，就算剝下毛皮也賣不了什麼錢。

「一千年後，這隻松鼠的額頭應該會再生出閃閃發亮的彩虹石，所以絕對不能殺牠。」

「那樣反而比較有賺頭。」

同時是職業獵人兼漁夫的薇爾瑪，以及身為厲害冒險者的卡琪雅。

兩人都不想進行無益的殺生，而且只要松鼠一死，彩虹石就會失去光輝。

如果取下彩虹石後殺掉松鼠，就不會再生出下一顆彩虹石，這麼做別說是沒有好處了，從長遠的眼光來看甚至會造成損失，所以薇爾瑪和卡琪雅的意見是正確的。

「老公，快點取下彩虹石，放那隻松鼠走吧。」

「說得也是。應該不難拿下來吧？拿下來了。」

我只用手就輕易取下了彩虹石。

松鼠額頭上只剩下一個凹洞，那裡看起來確實像是已經退化的眼睛。

「這麼一來，一千年後的人類就能再次取得彩虹石了。」

「雖然到時候我們應該都已經不在了，但抓的時候還是一樣不能弄傷牠呢。」

「好，走吧。要再繼續努力製造寶石喔。」

艾莉絲再給松鼠一顆樹果後，就讓露易絲和卡琪雅放走松鼠，兩隻松鼠一下就跑得不見蹤影。

因為速度實在太快，我的眼睛完全跟不上逃跑的松鼠。

「真虧妳們有辦法抓到。」

艾爾對漂亮地抓到松鼠而且還沒讓牠們受傷的兩人表示佩服。

這的確很了不起，畢竟我連牠們移動的樣子都看不清楚。

「我和卡琪雅都是靠埋伏才勉強抓到。」

「只要稍微鬆懈，就一定會被牠們逃掉。」

「我們在底下與魔物戰鬥，吸引了松鼠的注意力也是原因之一吧？」

「這應該也有很大的影響。」

這種松鼠不僅動作快，性格也非常謹慎，單純埋伏應該很難見到牠們。

是因為我們與魔物的戰鬥分散了那兩隻松鼠的注意力，牠們才會一時大意出現在兩人面前。

「實際做起來還滿麻煩的。首先，我和露易絲要先預測松鼠可能通過的路線，躲在路線上方的樹叢內。再來，就是老公你們要在底下與魔物進行激烈的戰鬥。這樣松鼠才會因為在意底下而放鬆警戒，通過我們埋伏的路線。在那些松鼠當中，也有比較容易鬆懈的個體。」

「原來如此，感覺這才是最有效率的方法。」

「趕緊再試一次看看吧。」

艾爾這傢伙，該不會因為一次獲得了兩顆被認為難以取得的彩虹石，就起了貪念吧？

……我本來以為是這樣，但馬上發現女性成員們的眼神裡都充滿了期待。

原來如此，沒有女性會討厭寶石啊。

然而，事情不可能永遠都這麼順利。

即使我們換了個地點重試一次，還是徹底失敗了。

「看來成功率並非百分之百。」

結果就跟薇爾瑪說的一樣。

如果能保證一定成功，大家就不需要這麼辛苦了。

還有，這個方法實行起來非常累人。

不論成功與否，我們都必須和大量魔物戰鬥。

負責埋伏的露易絲和卡琪雅也不輕鬆。

畢竟只要稍微鬆懈，就會被松鼠逃跑。

「我說啊……反正已經取得了兩顆彩虹石，這樣就算很好了吧？」

艾爾的幹勁一下就消退了。

疲憊的感覺，也讓我逐漸產生相同的想法。

只要把那兩顆彩虹石，送給剛結婚的卡琪雅和即將結婚的遙……不對，這樣應該不行吧。

我一看向遙，就發現她臉上的表情非常尷尬。

畢竟客觀來看，我這樣等於是將艾莉絲她們這些妻子放在一邊，把彩虹石送給家臣的妻子……

雖然艾莉絲她們應該不會有怨言，但遙應該會覺得很尷尬。

「（艾爾，你仔細想想。如果遙就這麼收下第二顆彩虹石，之後在人際關係上會產生什麼樣的麻煩。）」

「（……人際關係上的麻煩啊……）」

雖然艾莉絲她們應該不會對遙有怨言，但在這種時候，有人抱怨反而還比較好。

如果不滿持續累積在心裡……應該說就算沒有不滿，只要遙覺得有，就一定會讓她們之間的關係變得尷尬。

「（啊！這樣遙小姐會很難做人吧！）」

「（應該會讓她變得很為難吧。）」

尤其是她們一直以來的關係都那麼好。

「艾爾，加油吧。」

「唔喔——！我們才剛開始找彩虹石而已！打起精神繼續找吧！」

幸好艾爾又恢復幹勁了。

「不過這真的是蜜月旅行嗎？」

既然卡琪雅說是蜜月旅行，那就是蜜月旅行。

就當作是這樣吧。

「去下一個地點找吧（只要找上一整天，應該就能湊齊需要的數量吧……）」

我們重新展開尋找彩虹石的行動，但事情當然不可能這麼順利。

移動到其他區域並再次實施相同的作戰後，剩下的就只有大量的魔物屍體和露易絲與卡琪雅抓到的兩隻松鼠，不過我們這次只取得一顆彩虹石。

露易絲抓到的松鼠，是彩虹石已經被取走的個體。

「露易絲，沒辦法只抓有彩虹石的松鼠嗎？」

「伊娜，妳的要求已經超出人力的範圍了！」

「我們是埋伏在上方，所以抓到前根本就無法確認。」

既然只能靠埋伏捕捉經過下方的松鼠，那在抓到松鼠前，根本就無法確認松鼠的額頭上有沒有彩虹石。

「這樣就三顆了，希望再兩次就能湊齊所有人的彩虹石。」

我已經身心俱疲，所以開始覺得只要卡琪雅有收到彩虹石就好……但這樣不行，現代日本人的性格，讓我覺得必須平等地送所有妻子彩虹石。

「加油吧！」

「這絕對不是蜜月旅行吧。」

「魔之森真是個有趣的地方。」

雖然感覺這比平常的狩獵還辛苦，但相較於不滿的艾爾，卡琪雅顯得十分開心，所以這樣就行了吧。

「天色差點就變黑了呢……」

「幸好趕上了。」

結果包含遙的份在內，我們花了整整一天的時間，才收集到七顆彩虹石。

在我們抓到的松鼠當中，有些是彩虹石已經被取走，有些是還沒生出彩虹石，所以只能直接放生。

為了分散松鼠的注意力，我們連續戰鬥了好幾次，搞得大家都非常疲憊。

一直集中精神埋伏，背負著不能失敗壓力的露易絲和卡琪雅似乎也累了。

「今天還是早點睡，明天再繼續狩獵吧。」

「卡琪雅真有精神。」
「露易絲比我年輕吧？打起精神來啦。」
「這跟年紀無關吧？」
卡琪雅很高興還能再繼續狩獵兩天，就連露易絲都對她的堅強感到驚訝。
原來如此，難怪卡琪雅會成為冒險者。
「啊！對了！」
「卡琪雅，怎麼了嗎？」
「話說，我們應該還需要三顆彩虹石吧？」
「三顆？為什麼？」
「老公，你怎麼可以忘了泰蕾絲、亞美莉姊和菲莉涅呢。尤其是菲莉涅，如果不送她，布雷希洛德藩侯大人會不高興喔？」
「真虧妳注意到了。」
說得也是。
雖然泰蕾絲和亞美莉大嫂沒有參加蜜月旅行，但還是必須準備好她們的彩虹石才行。
菲莉涅也一樣。
如果唯獨沒送她彩虹石……
「布雷希洛德藩侯，或許會因為覺得我們瞧不起他的女兒而生氣……」

其實也不是非得送彩虹石不可，但重點還是要平等地對待所有妻子。

不是送所有人彩虹石，就是補送其他東西。

簡單來講。

這是打從我決定送卡琪雅彩虹石起，就無法迴避的道路。

「反正還有兩天，三顆應該不難吧。」

「還必須準備菲莉涅的份，大家都很辛苦，不能就此放棄。」

我和艾爾下定決心從明天開始，要再進入魔之森找彩虹石。

＊　＊　＊

「咦？你們找到了十顆彩虹石嗎？真是太了不起了！」

結果為期三天的蜜月旅行，全都花在尋找彩虹石上面。

因為我們一直在松鼠棲息的區域獵殺魔物，使得魔物數量銳減，連帶也降低了作戰的效率，所以最後兩天只找到了三顆彩虹石。

為了讓露易絲和卡琪雅的埋伏能夠成功，我們必須誇張地掃蕩魔物，好吸引松鼠的注意力。

再來就是我們後來抓到的松鼠，大多都已經沒有彩虹石了。

和其他松鼠相比，會被抓住的松鼠，原本就比較缺乏警戒心。

因此我們後來抓到的松鼠，大多都是已經先被其他冒險者取走彩虹石的個體。

我們偶爾還得灑魔物的血，吸引新的魔物和我們戰鬥，所以這三天真的非常辛苦。

拜此之賜，我們的身心都疲憊到不像是剛結束蜜月旅行。

「請問可以賣給……」

「「「「「「「我們沒有多的了！」」」」」」」

在替尋找彩虹石的過程中順便獵到的大量魔物估價時，一位年輕的男公會職員跑來問我們是否願意出售彩虹石，但被我們異口同聲地拒絕了。

「不好意思，為了維持夫妻間的羈絆，我們需要這些彩虹石。」

「喔……」

艾莉絲以平靜但蘊含堅強意志的語氣，拒絕出售彩虹石。

就像我覺得如果沒送所有妻子彩虹石，會造成不平等一樣，艾莉絲她們也認為若有人沒收到就不公平了，所以我們這三天才會搞得這麼累。

如果有多餘的彩虹石，或許還是會考慮出售，但我已經不想再去找彩虹石了。

「真遺憾。坦白講，雖然在鮑麥斯特伯爵大人前往帝國後不久，就發現了彩虹石，但想取得彩虹石非常困難，甚至有許多冒險者連續挑戰了一年以上，還是沒找到半顆。只有需求不斷增加……」

即使價格不斷攀升，並且有許多冒險者挑戰收集彩虹石，一個月市面上頂多也只會出現兩、三顆，彩虹石就是如此貴重。

「其實實際取得的數量應該要再多一倍，但能夠從松鼠那裡取得彩虹石的冒險者，都是實力頂尖又會賺錢的人，他們本來就不缺錢，所以通常會直接把彩虹石送給妻子……」

原來如此。

即使在不同的世界，男性依然是會透過贈送昂貴的寶石，向女性證明愛意的生物啊。

「不過將十顆彩虹石都當成禮物的，大概也只有鮑麥斯特伯爵大人了。」

「其中一顆是遙的喔。」

遙不是我的妻子，是艾爾的未婚妻。

所以正確來說，應該是九顆。

「送一顆給妻子或未婚妻的情況並不罕見，但九顆就……（我本來還很羨慕鮑麥斯特伯爵大人有這麼多妻子，但看來有很多妻子也不容易啊。）」

「（……是啊。）」

就這樣，雖然搞不清楚這三天到底是蜜月旅行還是狩獵活動，但總之我們就此踏上歸途。

「好漂亮。我真的可以收下嗎？」

「本宮覺得這時候應該要坦率收下禮物並道謝，才算是好女人。」

回到家後，我將辛苦取得的彩虹石送給亞美莉大嫂和泰蕾絲。

我讓她們自行決定要做成什麼樣的飾品，等決定後再委託開在鮑爾柏格，和伯爵家關係密切的首飾店製作。

「明天還必須將彩虹石送去給菲莉涅。話說總覺得好累啊……」

「抱歉，老公。都怪我沒想太多，就說想要彩虹石。」

「既然都結婚了，送個寶石也很正常，卡琪雅一點錯也沒有。」

卡琪雅為三天的蜜月旅行變成辛苦的狩獵活動這點道歉，但事情都已經過去了。

現在回頭想想，感覺還比每天的土木工程開心。

「居然連我們的份都一起準備了，威德林真是個重視情分的人呢。」

「威爾很溫柔呢。相對地，他也經常勉強自己，讓人非常擔心……」

我們回到家後，大家一起喝著茶，討論這趟奇特的蜜月旅行。

艾莉絲和亞美莉大嫂替大家泡茶，其他女性成員則是開心地欣賞收到的彩虹石。

「遙小姐，妳想做成戒指？還是項鍊？妳不管戴哪種首飾，一定都會很漂亮。」

「我很猶豫呢。雖然平常沒有配戴寶石的習慣，但還是很高興能收到禮物。」

「雖然辛苦，但幸好有找到呢。」

「是啊，畢竟是我們一起獲得的戰利品。」

艾爾和遙陷入兩人世界，不過只要是艾爾送的東西，遙不管收到什麼都會很高興吧。

不過瑞穗比較接近日本，所以也有像金色夜叉那種「被鑽石蒙蔽了雙眼～」的故事。

「雖然很累，但或許這樣才好。卡琪雅好像已經融入鮑麥斯特伯爵家了。」

卡琪雅的個性有點橫衝直撞和欠缺考慮，不過個性直爽的她非常擅長交朋友，彩虹石的事情，也是因為她在意其他人的感受，才會演變成這種結果。

她一定能順利融入鮑麥斯特伯爵家。

「老公，蜜月旅行好好玩，收到寶石也讓我覺得很開心。謝謝你。」

「不客氣。」

「幸好卡琪雅大人順利完婚，這樣鮑麥斯特伯爵家和奧伊倫貝爾格家之間的關係就變得更穩固了。」

此時，羅德里希像是看準時機般現身。

「這樣主公大人從明天開始，就能放心對連結鮑爾柏格、奧伊倫貝爾格騎士領地和鮑麥斯特騎士領地的道路，進行拓寬工程了。」

「咦？有這種行程嗎？」

我明明是當家，之前卻完全沒聽說這件事……這樣沒問題嗎？

「奧伊倫貝爾格騎士領地和鮑麥斯特騎士領地，目前都在努力提升特產品的生產量。兩地產品的主要消費地都是鮑爾柏格，強化連結這些地方的道路，對大家來說都有利可圖。」

「嗯──你說的沒錯呢。」

前提是我這三天沒這麼累。

坦白講，我實在很想休息一天。

「您才剛放過三天假，請問還有什麼問題嗎？」

這麼說也對……

蜜月旅行的確算是休假……

從明天開始，我又得回歸用魔法進行土木工程的日子。

「畢竟還有妻子願意跟我同甘共苦。這點程度的辛苦，根本就不算什麼。」

既然如此，有必要拖人一起下水。

我溫柔地將手放在卡特琳娜的肩膀上。

「我嗎！」

「卡特琳娜，我們不是夫妻嗎？夫妻就應該要共患難啊。」

應該說，就只有卡特琳娜會用對土木工程有幫助的魔法。

「為了減輕我的負擔……不對，我們身為貴族，本來就有義務提升領民們的生活品質啊！」

「你這樣講我就無法反駁了……不過威德林先生，你一開始明明是說要我幫忙減輕負擔……」

「一起共患難，才能讓夫妻間的羈絆變得更深！」

「是這樣沒錯啦……」

「太好啦！（真好哄騙……）」

「威德林先生，你剛才有說什麼嗎？」

「謝謝妳，卡特琳娜！不愧是我心愛的妻子！」

「在這方面能幫得上威德林先生的妻子，就只有我一個人了。放心交給我吧。」

雖然從明天開始又要變忙了，但我順利籠絡了卡特琳娜……不對，我打算用美麗的夫妻愛跨越障礙。

「畢竟是跟老家有關的道路工程，我也會幫忙煮飯喔。我很擅長在野外烹飪，艾莉絲她們也教了我許多新料理。」

＊ ＊ ＊

「開飯囉——！」

「咦？為什麼領主夫人會在這裡？」

「我是來幫老公的。」

「這樣啊……雖然聽說艾莉絲大人她們以前也偶爾會來探視，但還真是令人驚訝呢。」

「只限於我老公在現場工作的期間啦。別客氣，盡量吃吧。」

「真不好意思。」

「不用客氣，盡量吃吧。畢竟這附近根本就沒有餐廳。」

「這一帶都沒人住呢。」

我和卡特琳娜從隔天開始進行街道的擴張工程，卡琪雅也來幫我們和協助工程的作業人員們煮飯。

身為一個老練的女冒險者，她也很習慣和大叔們相處，我和卡特琳娜結束工作離開現場後，他們似乎還感到非常惋惜。

「這是我和卡特琳娜都缺乏的交際技能呢。」

「是啊……不對！我明明就受到領民們的景仰！」

「這是兩回事，感覺卡琪雅具備某種只有像她那樣的人才有的特質（而卡特琳娜沒有）。」

「威德林先生，你剛才有說什麼嗎？」

「沒什麼，我只是在自言自語。」

大家都認同我和卡特琳娜比較偏向獨來獨往的類型，所以我打從心底羨慕卡琪雅的溝通能力。

第三話　暴風雪莉莎

「老爹，餐點照舊。」

「喔。莉莎，好久沒看到妳了呢。」

「我去了遠離人煙的魔物領域。雖然賺了不少錢，但露宿了整整兩個月，所以還是想在店裡喝酒。這裡姑且算是有屋頂。」

「我的店這麼破舊，還真是抱歉啊。」

「只要還沒倒就行了吧。」

「是啊，稍等一下喔。」

結束一件長期委託回到王都後，我前往公會總部報告委託已經完成，並拜託熟識的職員替素材估價，然後就衝進常去的酒吧，向老闆點了慣例的餐點。

因為只要喊「照舊」，店家就會端出我喜歡的料理和酒，所以我經常光顧這間店。

「最近生意好嗎？」

「還不錯。雖然為了取得缺乏的素材，我在野外辛苦露宿了兩個月。」

即使已經習慣，並且在這個業界變得相當有名，我終究還是位女性。

所以當然會覺得在野外搭帳篷生活兩個月很辛苦。

「久等了。」

「謝啦，老爹。我不在的這兩個月，有發生什麼有趣的事情嗎？」

儘管我主要是為了酒和餐點而來，但同時也有其他的目的，身為一個冒險者，應該說身為一個王國人民，還是應該要知道王都最近的新聞。

在我工作的魔物領域，根本就不會有人特地跑來告訴我這些事，也不會有人來賣報紙，所以我不太清楚王都最近的情勢。

酒吧內總是會聚集各種情報，像這種時候，還是問這間店的老闆最好。

「這個嘛，應該還是鮑麥斯特伯爵大人吧？他在帝國內亂中大為活躍後，又回來王都了。」

「好像有這回事。」

我也算是個小有名氣的魔法師，但還是比不上鮑麥斯特伯爵。

畢竟他接連立下了各種偉業，所以這也是理所當然。

「再來就是隧道騷動吧。啊！引發問題的奧伊倫貝爾格騎士爵家的千金，就是妳之前照顧過的卡琪雅喔。」

「啊？你說卡琪雅是貴族家的千金？」

那個小妞，再怎麼說也是我教會她怎麼用魔法狩獵，她居然把這麼重要的事情瞞著我。

「話說回來，『隧道騷動』是怎麼一回事？」

「好像是發現了連接那個叫卡琪雅的女孩他們家的領地和鮑麥斯特伯爵領地的隧道，但在爭執該由誰來管理。」

卡琪雅的老家奧伊倫貝爾格家沒有能力管理隧道，所以他們的宗主布雷希洛德藩侯家本來要幫他們準備一塊替代的領地，自己管理隧道。

但之前離家當冒險者的卡琪雅反對這麼做，打算靠武藝大會選出能和自己一起管理隧道的貴族子弟。

「那傢伙到底在想什麼？」

「即使領地不大，還是有身為貴族的自尊吧？然後啊……」

然而，沒有任何貴族子弟能在武藝上贏過卡琪雅。

「那當然，就連我都覺得她很難應付呢。」

「連莉莎都會陷入苦戰啊。那有這樣的結果也很正常。」

挑戰卡琪雅的貴族子弟全數落敗，就在觀眾席噓聲四起時，國王大人突然出現，指定鮑麥斯特伯爵當卡琪雅的對手。

他遵從命令，輕易就打倒了卡琪雅。

隧道最後由鮑麥斯特伯爵家單獨管理，老爹的說明也到此結束。

「喔——真可惜，我居然錯過了這麼有趣的活動。那卡琪雅後來怎麼了？」

輸給鮑麥斯特伯爵，被搶走隧道的權利後，她應該又像平常那樣，回去狩獵翼龍了吧。

「那傢伙的個性還是一樣橫衝直撞，這樣會嫁不出去呢。」

「噗，妳有資格說這種話嗎？」

「……你有什麼意見嗎？」

我是在和老爹說話。

隔壁桌的少給我擅自插嘴！

仔細一看，對方似乎是同行，但敢這樣跟我說話，真是不要命了。

「不過是個初出茅廬的小鬼，你到底想說什麼？」

有什麼話想說，就說出來聽聽啊。

只不過視內容而定，你可能從明天開始就當不了冒險者了。

「喂，說話也要看對象！莉莎，這間店已經很破舊了，拜託別鬧事啊。」

「老爹，這個女人好像還不知道呢。噗，妳來這裡之前好像去過公會了，但那裡的人也沒告訴妳嗎？看來大家都很同情妳呢。」

啊？

這個小鬼到底在說什麼？

有什麼情報是公會那些人因為同情我，而沒告訴我的嗎？

「就讓我來告訴妳吧。」

「喂！」

「暴風雪莉莎，反正妳再過不久也會知道，不如就讓我來告訴妳吧。妳疼愛的小妹卡琪雅，已經嫁給鮑麥斯特伯爵了。應該是為了維護貴族之間的關係吧？」

「……結婚？卡琪雅嗎？」

「鬧出這麼大的事情，卻只要這樣就能了事，到底是該稱讚鮑麥斯特伯爵很有度量，還是該慶幸她沒像某人那樣嫁不出去呢？」

「……」

啊？

那個卡琪雅居然結婚了？

那傢伙的個性確實有些粗枝大葉，但是女性該有的修養，她基本上全都具備……雖然我也一樣

……而且她還長得很漂亮。

印象中卡琪雅曾因為快滿二十歲卻找不到結婚的對象，而感到非常焦急。

我之前也沒有那種對象……雖然現在也一樣……所以同為單身的女冒險者，我們之間應該有所謂的義氣存在。

「卡琪雅，至少也該邀我去參加婚禮吧！」

「因為妳接了長期工作，處於收不到邀請函的狀態吧？」

「哈——哈哈！因為只有妳還嫁不出去，所以公會的職員怕到不敢告訴妳，最後還得讓酒店的老

闆幫妳說話。這實在是太好笑了。」

「……」

「喂！你給我適可而止……」

這個小鬼，好像跟之前和我吵過架的老練冒險者關係很好。

所以才這麼瞧不起我啊。

算了，我知道了。

我在這個業界也算待很久了。

知道只要一被小看就完蛋了。

那麼，懲罰的時間到了！

「你不會熱嗎？」

「啊？一點都不熱吧。」

「原來如此，你很熱啊。」

「幹嘛突然說這個？我就說不熱了……」

「不需要跟我客氣。我會把你冰凍起來！你就好好享受這股清涼吧！」

我瞄準對我出言不遜的年輕男冒險者和他坐的座位，使出擅長的「冰結」魔法。

「我的名字是莉莎。暴風雪莉莎。我不曉得你是不是最近過得太順利，但像你這種剛出道的小鬼，別因為認識厲害的冒險者就得意忘形！如果再這樣不知分寸……我就把你凍起來！」

「動、動不了了……」

「真是個骯髒的擺飾呢。大概是用的素材太差了。」

不論是放在他桌上的熱騰騰燉肉，還是其他溫熱的料理，就連他正在喝的啤酒，都連同杯子一起被我凍結。

他坐的椅子也被冰塊包圍，在冰塊融化之前，他應該會有好幾個小時動彈不得。

我沒把本人也一起冰凍起來，已經算是手下留情了。

「老爹，那個座位暫時就留給他吧。」

誰要花時間聽你說話啊。

你就這樣待在那裡，反省自己居然敢對我出言不遜吧。

看了男冒險者最後一眼後，我將幾枚金幣扔給老爹，從座位上起身，然後無視因為看見男冒險者突然變成冰雕而陷入慌亂的其他客人，直接走出店門。

雖然有一部分是因為引發了騷動，才覺得繼續留在店裡會很尷尬，但我心裡充滿了原因不明的憤怒。

「那個卡琪雅居然結婚了！又多了一個比我年輕卻先結婚的後輩！可惡！這股怒氣，到底該找誰發洩呢？啊啊，氣死我了！」

我不自覺地朝空中放出「冰結」魔法，一隻倒楣的鳥被冰凍後墜落。

因為本來就偶爾會發生這種事，我直接繼續往前走。

久違地回到長期租用的旅館房間後，我就開始賭氣睡覺。

「等一下，或許這是謊言。也有可能只是假裝結婚而已。還是先去看看狀況吧！」

我晚上突然醒來，並決定去見已經結婚的卡琪雅和她的丈夫鮑麥斯特伯爵，所以連忙開始寫信。

當然，等寫完信後，我就會盡快前往鮑麥斯特伯爵領地！

＊　＊　＊

「嗯……已經到起床時間了嗎？啊，我已經結婚啦。」

早上醒來後，我發現老公就睡在旁邊。

這麼說來，我們昨晚是一起睡。

雖然我們彼此都沒穿衣服，但既然是夫妻，這也是理所當然，能夠馬上這麼想，證明我已經習慣夫妻生活了。

我並不是對男女的夜生活沒興趣，只是至今都沒什麼這方面的緣分，所以一開始還煩惱不曉得該怎麼做，但現在也差不多習慣了。

一般的貴族家，好像都會教女兒這方面的事情，雖然我的老家算是特例，但離開家與其他女冒險者混在一起後，偶爾還是會討論到這個話題。

當時獲得的知識，也有稍微派上用場。

「對了。我還拜託老公把手臂借我當枕頭呢。」

雖然我常被同行說自己的舉止與外表不同，一點都不像個女孩子，但我好歹也是女孩子，所以也有夢想。

那就是借用男性的手臂當枕頭。

昨晚拜託老公後，他爽快地答應了。

所以他的手現在依然枕在我的頭底下。

因為覺得老公的手應該已經麻了，我決定把頭移開，然後他就跟著醒了。

「已經到起床時間了嗎？原來如此，這樣手會麻呢。」

「對不起，老公。」

「這點程度的手麻，一下就會恢復啦。其實我也是第一次把手臂借給別人當枕頭。」

「這樣啊。我還以為艾莉絲她們早就提過這個要求了。而且感覺伊娜經常看這方面的書。」

因為伊娜最喜歡看這種戀愛類型的書了。

相對地，她有許多知識都是道聽塗說……啊，我的同行們也是如此。

大家明明都未婚，而且也沒有未婚夫，卻莫名熟悉那方面的事情，原來那些知識都是來自書本啊。

「可能只是碰巧至今都沒想到吧？」

「或許吧。老公今天早上也要鍛鍊嗎？」

「要啊。」

老公是個優秀的魔法師，就算不是貴族，應該也能當冒險者養活自己。

不如說他可能還覺得當冒險者比較輕鬆，只要一有空就會帶艾莉絲她們出去狩獵。

所以他每天都會確實鍛鍊。

這部分也跟天生就適合當冒險者的我氣味相投。

「閉上眼睛，盡可能什麼都不要想，讓內心變得一片空白。身體也不要動。」

「……」

我們馬上開始進行晨間鍛鍊，我正在接受老公的魔法特訓。

最早是老公去世的師傅先想出基本的作法，再由身為徒弟的老公進行細部的改良，我用他們想出的方法集中精神，去感覺魔力在魔力迴路中的流動。

先「坐禪」再「冥想」，就連在冒險者預備校教會我使用魔法的人，都不曉得這種方法。

「感覺魔力流動得非常順暢，雖然應該不可能發生這種事，但總覺得魔力量也增加了。」

我的魔力原本就不多，所以早就成長到極限，不可能再增加。

「……」

「老公？」

「就算只是錯覺，只要魔法的技術變好，依然是件好事。」

「說得也是。」

感覺老公講話好像有點吞吞吐吐。

是我說了什麼不好的話嗎？

早上的鍛鍊結束後，我們一起前往浴室沖澡。

老公很喜歡泡澡，經常和艾莉絲她們一起洗澡。

其他人今天好像有事，所以浴室裡只有我和老公兩個人。

「這個家的優點之一，就是浴室很寬敞呢。」

這裡的浴缸與鮑麥斯特伯爵家的地位相符，不僅設計得很大，內部的裝飾也很豪華，讓人覺得非常奢侈。

肥皂和洗頭用的洗髮精與潤髮乳，都是老公自己試做再流傳開來的產品，所以王都的店家也有販賣。

因為價格昂貴，所以只有貴族和有錢人買得起。

沖完澡後，就是吃早餐的時間。

我新嫁為人婦，所以本來想幫忙做個料理，但我不能搶走這裡僱用的廚師們的工作。

艾莉絲她們偶爾會基於興趣做料理，我頂多只有在那時候會幫忙。

老公以冒險者的身分活動時，也會自己做料理，但如果交給我做，就會變成重視效率的簡單料理。

畢竟就算是在野外，老公還是會想花工夫做出美味的料理。

這部分只能向艾莉絲她們學習，一點一點地改過來。

「早安，卡琪雅小姐。」

走進餐廳後，已經先在裡面等的艾莉絲，代表大家向我們打招呼。

「早安，艾莉絲。」

「卡琪雅小姐，已經習慣這裡的生活了嗎？」

「日常生活本來就不用特別習慣，所以沒問題。」

「這樣啊。」

艾莉絲是老公的正妻，所以經常像這樣關心我，但這裡的日常生活並沒有那麼辛苦。

老公不喜歡奢侈的生活，所以其實和我以前的生活差不多。

「每天都從早開始鍛鍊，真是辛苦你們了。」

「嗨，這不是泰蕾絲嗎？這對冒險者來說是必須的，就和每天的習慣差不多。不好意思，讓妳久等了。」

「就算看見本宮在這裡，妳也一點都不覺得意外啊。」

「咦?泰蕾絲想待在哪裡都行吧?畢竟妳是獲得老公的允許，才能待在這裡吧？」

「啊哈哈，從好的意義上來說，妳真的是個單純的人呢。」

「我不懂那些複雜的事情。啊~肚子好餓。」

「我馬上準備早餐。」

「謝謝妳，亞美莉姊。」

不只是艾莉絲她們，亞美莉姊也主動換上女僕裝，在這裡替大家上早餐，泰蕾絲則是從前陣子開始每天跑來這裡用餐。

雖然老公有很多老婆和實質上的老婆，但這裡的氣氛並不險惡，人多一點也比較開心。

我這樣的想法，是不是有點奇怪呢？

我也覺得老公的個性有點奇怪，所以或許這樣正好。

＊　＊　＊

「亞美莉姊，再來一碗。」

「好的。」

「妳真會吃呢。」

自從卡琪雅搬到鮑麥斯特伯爵家領主館生活，已經過了約兩個星期。

她似乎已經很習慣現在的生活。

「姑且不論習不習慣，卡琪雅打從來到這裡後，就一直是這種感覺吧。」

「我這輩子最緊張的時候，就是婚禮的時候吧。其他事情都不太會緊張。」

「真令人羨慕。明明就連我每隔一陣子都會感到緊張。」

卡琪雅難得嫁進我們家，要是她現在見到艾莉絲她們時還會緊張，那也不太好，所以我和露易絲都覺得這樣也不錯。

「這裡的浴室和餐點都很棒呢。」

卡琪雅每天早上都會早起鍛鍊，洗完澡後再吃早餐。

用餐時她也會開心地和大家聊天，卡琪雅的食量很大，每次吃完都會再添飯。

她是來到這裡後，才開始每天吃米飯，但包含味噌湯在內，她似乎很喜歡這些食物的味道。

「雖然不像薇爾瑪那麼誇張，但卡琪雅也很會吃呢。是因為職業的性質嗎？」

「冒險者最重要的就是身體。所以能吃的時候就要盡量吃。」

卡琪雅暫時停止用餐，回答伊娜的疑問。

畢竟要在消耗魔力的同時，進行劇烈活動。

既然消耗的熱量比一般人多，食量當然也會比較大。

明明吃這麼多，卻完全不會胖，不如說卡琪雅的身材既嬌小又苗條呢。

「我們家不會突然缺食物，所以不用那麼擔心喔。」

「是這樣沒錯，但我單純只是肚子餓了。」

說著說著，卡琪雅又繼續吃起亞美莉大嫂幫她盛的飯。

「奧伊倫貝爾格騎士領地除了馬洛薯以外，主要是種植小麥，所以每次回鄉幾乎都是吃麵包。我只有在外面工作時偶爾會吃到米飯，但這裡的米又更好吃呢。」

鮑麥斯特伯爵領地不僅氣候溫暖，水源也很豐富，非常適合種植稻米。

布雷希洛德藩侯領地也有生產稻米，但舊奧伊倫貝爾格騎士領地的農地大多位於山坡地帶。

若是日本的鄉下地方，或許還會開闢梯田，但他們要種馬洛薯，所以才沒有種植稻米。

「新領地也有平地，所以爸爸和哥哥說之後也會開始種稻。」

「農業是他們的生存意義嗎？」

「爸爸和哥哥是這樣沒錯。我不太適合農業。雖然體力方面能夠勝任，但還是當冒險者比較適合我。」

卡琪雅如此回答薇爾瑪的問題。

的確，比起貴族的規矩，那兩個人或許更在意農業。

「我的個性也和他們有點像。」

「因為薇爾瑪很會打獵和釣魚呢。」

「所以我很慶幸能成為威爾大人的妻子。」

「是啊，明明成了大貴族的妻子，卻還能去魔物領域狩獵，這真是最棒的條件了。」

「我覺得會這麼想的貴族千金應該不多才對。」

「講是這樣講，卡特琳娜自己也很喜歡狩獵吧。」

「雖然不討厭，但我終究只是為了賺取復興威格爾家的資金，才會去當冒險者。」

不管和誰都能輕鬆聊天的卡琪雅，一下就融入了鮑麥斯特伯爵家。

不如說，她或許已經比卡特琳娜還要融入這裡了。

「威德林先生，你有說什麼嗎？」

「不，沒什麼。」

我才剛覺得卡特琳娜有點缺乏溝通能力，就馬上被她發現，害我連忙否認。

大概就是這種感覺，距離隧道開通已經過了約一個月，鮑麥斯特伯爵家今天也一樣熱鬧。

除了卡琪雅以外，亞美莉大嫂也從前陣子開始搬進來住……她似乎很喜歡我設計的那套風格偏成熟的黑色女僕裝，有空就會換上那件衣服幫我們泡茶和準備手工點心，或是在用餐時替我上菜。

她表面上的身分姑且還是侍女長，所以就算這麼做也不奇怪。

在家裡用餐時，艾莉絲她們也會將這些工作交給亞美莉大嫂。

理由是領主館最近僱用了許多新女僕，其中有些野心勃勃的女僕似乎希望能被我看上，成為我的愛妾或側室，所以能夠照顧我的人，就只有身為侍女長的亞美莉大嫂，以及獲得艾莉絲承認的女僕……多米妮克和蕾亞。

女僕的世界完全是女性社會。不僅包含了各種年齡層的女性，她們也各自懷抱著不同的狀況與未來的夢想，是個非常複雜的社會。

「艾爾文大人，要再來杯茶嗎？」

「麻煩妳了，蕾亞。」

「我知道了。」

蕾亞是其中一個能直接和我說話的女僕，但她是艾爾的側室人選，所以現在主要是負責照顧艾爾。

這麼說來，差不多該讓她單獨和艾爾出門，進行相親性質的約會才行了。

不過，這件事情是由我負責嗎？

羅德里希……好像很忙，所以果然該由我來處理嗎？

不過，直接對蕾亞說「要不要和艾爾約會啊？」也很怪。

像這種時候，還是希望遙能幫忙一下。

「雖然卡琪雅似乎已經順利融入鮑麥斯特伯爵家了……」

「那個……泰蕾絲小姐。我怎麼了嗎？」

「不，只是感覺她好像比妳還融入這裡。」

「唔！」

已經用完餐，正在喝茶的泰蕾絲，對卡特琳娜道出了連我都說不出口的殘酷事實。

「唉，卡特琳娜……我也是不太容易融入新團體的類型，所以也沒什麼資格說別人……」

「是嗎？」

「真的啦。」

真要說起來，我也算是缺乏溝通能力的類型，只是之前的狀況都不允許我這樣而已。

所以我非常能體會卡特琳娜的心情。

「沒錯。我和威德林先生是非常相配的夫婦。」

「是性格相似的夫婦啊。」

雖然妳有時候沒什麼存在感……這件事還是不說為妙。

「泰蕾絲小姐，妳不是有話想對卡琪雅小姐說嗎？」

「沒錯。雖然在政治鬥爭中落敗並被迫退休的本宮，可能沒什麼資格說這種話，但既然妳是作為奧伊倫貝爾格家的人嫁進鮑麥斯特伯爵家，就要好好關注自己的老家。」

雖然隧道已經開通，但出入口附近的工程仍尚未完工。即使如此，隧道的通行量依然持續增加。

許多想來正在開發的鮑麥斯特伯爵領地做生意的商人，都是透過運輸成本較低的隧道在運送貨物。

與此同時，出入口周邊的開發也大有進展，開始零星出現休息區、等候處、寄放行李的倉庫，以及針對隧道使用者打造的住宿、飲食和娛樂設施。

鮑麥斯特伯爵領地這邊的隧道出口離保羅哥哥的領地很近，所以那邊也開始建設旅館等設施。

「隨著出入的人數增加，其中也有些人是為了採購生產量變多的馬洛薯，才會造訪奧伊倫貝爾格騎士領地。本宮也有從威德林那裡收到馬洛薯，那東西能夠成為很棒的特產品喔。」

馬洛薯本身並不是什麼稀奇的作物，但目前只有奧伊倫貝爾格家能栽培出那麼甜的馬洛薯。

那是能以高價交易的名牌產品，暫時應該能為奧伊倫貝爾格騎士領地帶來高額的現金收入。

「話雖如此，如果繼續擴大田地的規模，或許會需要募集人手。體察老家的狀況，並偶爾拜託威德林援助，這也是卡琪雅重要的工作。」

「……可以再說明一次嗎？」

「「「「「「「「哎呀呀……」」」」」」」」

卡琪雅並不笨。

因為笨蛋根本就沒辦法狩獵翼龍和飛龍。

只是她完全不適合這種和貴族有關的事情。

卡琪雅當初離開老家當冒險者，一定是個正確的選擇。

反過來講，她最大的失敗，就是想找個能幫她管理隧道的夫婿。

「意思就是妳要多關注老家的情況，並適時拜託威德林支援他們。」

「原來如此。不過若妻子動不動就向老公撒嬌，感覺也不是很好耶？我也可以幫忙出錢啊。」

再來就是卡琪雅的個性非常獨立。

所以她才會當上冒險者，但相對地，她可能也不喜歡那些仗著自己被身為大貴族的丈夫寵愛，就什麼事都拜託丈夫的妻子。

「所謂的支援，並不僅限於金錢。例如拜託威德林多開幾條連接附近村落與城鎮的街道，或是為了開拓馬洛薯田需要臨時人手，所以在自己出日薪的前提下，拜託丈夫幫忙仲介。即使想招募新移民，最好也是透過鮑麥斯特伯爵家介紹會比較安全。聽說鮑麥斯特騎士爵家也有提供支援，但他們那邊也正忙著增加蜂蜜和蜂蜜酒的生產量吧。偶爾回去娘家，聽聽他們有什麼需求也很重要喔。」

「喔喔！聽起來真有貴族的感覺。」

「確實呢。」

真是恰當的建議。

我也對泰蕾絲感到佩服。

「威德林，你是在佩服什麼啊？」

「威爾不一直都是這種感覺嗎？」

不愧是露易絲。

她非常了解我。

「露易絲也都沒變呢。簡單來講，妻子拜託丈夫幫忙並不是件壞事。有時候如果不這麼做，就無法改善狀況。如果只懂得要求昂貴的寶石或禮服，那單純就只是個笨女人。」

這段話，是在諷刺布雷希洛德藩侯家的阿妮塔大人嗎？

我看向伊娜和露易絲，她們似乎也想到了一樣的事。

兩人露出有些尷尬的表情。

「那方面的東西，只要適當地找個時機，向老公討生日禮物就行了。好的貴族妻子，大多都很擅長撒嬌。」

原來如此。

即使已經結婚，依然是一對男女，男人偶爾會想送妻子禮物，女人也需要自然地向丈夫撒嬌。

「不論是作為妻子或是女人，只要被男人覺得『我一張面紙都不想給這傢伙！』就完蛋了。」

的確，即使是政治聯姻，如果夫妻之間的關係不圓滿，那就失去了政治聯姻的意義。

「真是受教了。」

「對吧，薇爾瑪。回到原本的話題，卡琪雅最好偶爾也要關心一下老家。」

「我知道了。不過，爸爸和哥哥現在最擔心的事情，應該就只有馬洛薯的品質。」

「的確……」

雖然盡可能將舊田地的土都搬了過去，但還必須開闢新的田地。

在培養好土壤前，都必須忙著照顧田地。

「有點不像貴族呢。」

「伊娜，現在才這麼說也太晚了……雖然我的老家現在也很拚。」

「赫爾曼先生嗎？」

「對啊，就是赫爾曼哥哥他們那裡。」

自從赫爾曼哥哥繼任當家後，鮑麥斯特騎士爵家就一直將開發領地擺在最優先，最近總算開始做出成果，讓狀況穩定下來。

然而就在這時候，隔壁卻搬來了一個比以前的他們還要不像貴族的貴族家，還被鮑麥斯特伯爵家拜託幫忙照顧那些人。

赫爾曼哥哥他們似乎非常努力，幫了奧伊倫貝爾格家許多忙。

「感覺很容易就能想像那種畫面。」

「是啊。」

嘴巴上說「雖然我們也很忙，但還是會勉為其難幫忙」，實際上心裡卻在想「沒想到我們也能教其他貴族『何謂貴族』，真是太開心了」，一定就是這種感覺吧。

再來就是鮑麥斯特騎士爵家和奧伊倫貝爾格家主要的產業都是農業。

所以他們也攜手合作，將生產量增加的蜂蜜和馬洛薯製成蒸餾酒。

除此之外，還一起擬定了將蜂蜜和馬洛薯做成保存期限較長的點心販賣的計畫。

感覺日本也曾利用地方名產，辦過類似的合作活動。

「轉移領地應該也很花錢吧。真的沒問題嗎？」

「我的老家意外地還滿有錢的喔。」

據卡琪雅所說，雖然不像貴族，但歷史異常悠久的奧伊倫貝爾格家意外地存了不少錢，現在正利用那些存款進行開發。

「卡琪雅的嫁妝確實也很驚人。」

雖然那場婚禮搞得像是在家裡舉辦的物產展，但奧伊倫貝爾格家準備了多到以前的鮑麥斯特騎士爵家絕對拿不出來的嫁妝。

「我們的現金收入來源，主要是販賣馬洛薯和少許商品作物的利潤，但平常在領地內生活幾乎用不到錢。」

他們只有偶爾到外地採購時會用到錢，另一個主因就是奧伊倫貝爾格家自成立以來，就很少和其他貴族來往。

畢竟奧伊倫貝爾格家就連和擔任宗主的布雷希洛德藩侯家都很少來往。

這麼說來，我也有在嫁妝裡看見陌生的金幣，拿給布雷希洛德藩侯看後，才知道原來是赫爾穆特王國在很久以前發行的舊金幣。

『奧伊倫貝爾格卿，這個金幣是和帝國停戰後發行的新金幣之前的金幣吧？』

『那從很久以前就放在我們家的金庫裡，大概是祖先賣農作物時取得的吧。』

雖然歷史悠久，但和中央幾乎沒在進行交流的奧伊倫貝爾格家，沒有將舊貨幣換成新貨幣。

感覺有點像是老人藏在衣櫃裡的私房錢，摻雜了舊版有著聖德太子肖像的萬圓鈔。

『請問可以用多少的匯率和你換？從兩百多年前就不再製作的金幣非常稀有，我也想要呢。』

『請直接拿走吧，反正還有很多。』

『畢竟奧伊倫貝爾格家的歷史和我們家差不多長呢。』

話雖如此，以布雷希洛德藩侯家的規模，花費當然也很龐大，而且既然王家都說了要將舊金幣換成新金幣，布雷希洛德藩侯家當然不可能拒絕。

奧伊倫貝爾格並不是「收集」，而是「儲蓄」了這麼多舊金幣，讓布雷希洛德藩侯又是佩服，又是驚訝。

為了避免交易上的麻煩，王國和帝國在停戰後，統一了雙方新貨幣的含金量。

當時的王國為了重新鑄造貨幣，強硬地要求大家將舊金幣換成新金幣。

沒有受到這個政策影響，節儉了一千多年將錢存下來的奧伊倫貝爾格家，或許其實是相當了不起的貴族。

至少他們和我的老家不同，不用擔心付不出嫁妝。

「話說回來，差不多該準備『彩禮』了吧。好緊張喔。」

「放心啦，不是那麼隆重的事情。」

因為瑞穗的文化和日本相似，所以艾爾和遙的婚事也會交換彩禮。

當然，那和赫爾穆特王國與阿卡特神聖帝國的作法都不一樣，所以艾爾也花了許多工夫準備。

這不只是家臣間的婚事，還是鮑麥斯特伯爵家與瑞穗公爵家友好的第一步，所以鮑麥斯特伯爵家也大力提供支援。

「雖然我全都交給羅德里希處理了。」

「威爾，你也幫忙一下啦！」

「我不要！我已經被迫接下了許多貴族性質或只有貴族辦得到的工作！是艾爾自己要結婚，就讓他自己處理啦！」

「你難得講出有道理的話……其實事情已經差不多都準備好了……」

「那不就行了嗎？」

打從隧道開通後，艾爾就一直被不習慣的瑞穗風俗搞得團團轉。

不管哪個世界，結婚都不是件易事。

我只能叫他加油了。

「卡琪雅，怎麼了嗎？」

大家吃完早餐，一起喝亞美莉大嫂泡的茶時，卡琪雅露出與其說是有些悶悶不樂，不如說是困惑的表情，所以我好奇地如此問道。

「吶，老公。不曉得是不是錯覺，感覺我的魔力又增加了……」

「喔，那個啊……」

卡琪雅原本就有魔力。

如果她婚前的魔力量就是真正的極限值，那她或許就不會發現，但實際上當然不可能。

只要和我做那種事，一種情況是——身為魔法師的才能會覺醒並使得魔力量增加；另一種情況則是——和以前一樣依然不具備任何魔力。

艾莉絲她們的狀況是前者，亞美莉大嫂則是後者。

「我對魔法也不是很熟，但我以前曾在冒險者預備校學過，魔力只要停止成長過一次，就不可能再增加。」

「唉，正常來講是這樣沒錯。」

「對吧？老公，這到底是怎麼回事？感覺自從和你結婚後，每天魔力都在逐漸增加。就連在狩獵和訓練中使用魔力時，威力和持續時間也和婚前完全不同。我以前只要用太多次『加速』，就算在上午就把魔力用光也不奇怪，不過現在通常都能撐到傍晚，這樣我怎麼可能不發現。」

卡琪雅原本的魔力就不多，再加上她只會使用提升速度的「加速」魔法，以及從高處降落地面時利用風減緩衝擊的魔法。

所以只要魔力量增加，可以使用魔法的次數自然也會增加。

「卡琪雅小姐，關於這件事。」

此時，艾莉絲代替我向卡琪雅說明。

在那之前，她先替卡琪雅倒了一杯熱瑪黛茶。

「卡琪雅小姐，我想妳隱約應該已經發現了，只要成為鮑麥斯特伯爵大人的妻子，和他維持夫妻之實，就很有可能出現魔法才能的覺醒，或是原本已經成長到極限的魔力量又變多的狀況。」

艾莉絲向卡琪雅說明，在和我有過性行為的女性當中，有一定比例的人魔力量因此增加。

「換句話說，就是有些人在和威爾做過後，魔力量就增加了。」

「露易絲，講那麼直接實在太下流了。我們可是貴族的妻子耶。」

「我差點忘了。」

露易絲原本是想幫艾莉絲做補充，結果被伊娜斥責措辭太下流。

「還有，既然妳已經是威德林先生的妻子，請妳要對這件事情保密。即使是親手足也不能說。」

「卡琪雅，噓——」

卡特琳娜認真地要求卡琪雅保密，薇爾瑪則是將食指豎在嘴巴前面喊了一聲「噓——」

「我不會說啦，怎麼可能說得出口。這個祕密對爸爸和哥哥來說太沉重了。說了只會害他們被壓力壓垮。」

「卡琪雅小姐的父親和哥哥，確實有可能會那樣……」

「這會害他們的胃穿孔吧。」

那兩人的個性可以說是典型的小市民，還是別知道這種祕密會比較幸福。

「姑且不論亞美莉姊，泰蕾絲知道這件事沒關係嗎？」

卡琪雅已經知道亞美莉大嫂目前的立場。

所以覺得就算她知道我的祕密也沒關係，但身為前菲利浦公爵的泰蕾絲就並非如此了。

「沒問題。我不認為泰蕾絲會不小心洩漏這個祕密。我信任她。」

「本宮很高興能獲得威德林的信任。而且本宮很清楚如果洩漏這個祕密，一定會再次陷入貴族之間麻煩的競爭，害自己失去好不容易到手的安穩生活。」

「泰蕾絲，這時候只要說妳很感謝我的信任就行了。」

「本宮當然感謝。順帶一提，本宮最近晚上很閒呢。」

「咦？晚上？」

「沒錯。你可以直接解讀成本宮在期待男性去單身女性的房間玩時，一定會發生的事情。」

「一定會發生的事情！」

雖然不會洩漏祕密，但希望我以後晚上能去找她。

泰蕾絲大膽的要求，讓在我們當中明明算相對年長，對這方面的事情卻不太熟的卡琪雅變得滿臉通紅。

我明明已經正常地和她有夫妻之實了……

「我再提醒妳一次，不准洩漏喔。」

「就算我再怎麼笨，也知道不能洩漏啦。」

「雖然奧伊倫貝爾格家已經成了鮑麥斯特伯爵家的姻親，但畢竟事關重大，而且其他想搶先威德林的貴族們，一定都覺得他們比較好對付。所以還是小心為上。」

「我不會告訴家人。不過，泰蕾絲果然是個貴族呢。我剛知道這件事情時，首先想到的是絕對不能告訴同行呢。」

卡琪雅接著說明。

「畢竟女冒險者或許比男冒險者還要看重實力。應該說不看重不行。」

這個世界的女性大多被要求當個「賢妻良母」。

雖然如果具備魔法師的才能就另當別論，但沒有這種才能的女性，通常會被家人或親戚逼著結婚。

「若想當女冒險者，就必須先突破這個成見。當然，大家還是會希望將來能夠結婚生子，獲得普通女性的幸福。」

女冒險者和男冒險者的狀況有點不同，通常會遇到比較多的麻煩。

例如只因為身為女性，就被男冒險者看不起，分到比較少的報酬，或是被要求無償地幫忙煮飯、洗衣服，或是對裝備進行簡單的修繕。

除此之外，因為冒險者通常是在警備隊等治安組織管不到的地方工作，所以也可能會被捲入女性特有的犯罪。

「所以女冒險者們非常團結。這麼驚人的情報，就算只讓一個人知道，也會馬上在整個大陸的女冒險者們之間傳開。」

然後，應該會有許多女冒險者跑來逼我娶她們或與她們肌膚相親。

這可以說是最糟糕的惡夢。

「如果會用魔法，就能在結婚前多賺一點錢了。」

艾莉絲她們會這樣想也很正常，但其實還有另一個可能。

「大部分的女冒險者應該會這麼想……只要有不會隨著年齡變弱的魔法，就能放心單身一輩子了。」

只要會魔法，就算只是去冒險者預備校兼職，也不用為生活所苦。

「還要考慮到自己將來無法結婚的狀況啊。她們的生活也真是不容易。」

「伊娜，講是這樣講，其實單身的女冒險者意外地多呢。然後處境相同的人們，通常都會聚集在一起。」

和地球的部分國家不同，這個世界看待單身女性的眼光非常嚴厲。

所以她們通常會傾向團結一致。

「雖然將來或許有機會結婚，但為了替無法結婚時的情況做準備，大家會定期集合起來交換情報，或是告訴後輩有用的情報。」

女冒險者的集會啊。

感覺是用來代替互助會或工會組織。

「我從來沒參加過那樣的集會。」

「薇爾瑪的狀況，應該算是沒辦法吧。」

畢竟她是艾德格軍務卿的養女，又是我的妻子，可以說她是處在鮑麥斯特伯爵家的庇護之下。

再來就是她在參加那種集會前，就先結婚了吧。

「不過說來奇怪。我從來沒聽說過結婚後變回一般人的前冒險者，或是結婚後依然繼續當冒險者的人舉辦集會呢。」

「其實還是有。只是已婚的女冒險者或前冒險者，和單身集團之間沒有交流。」

「果然沒辦法好好相處呢。」

「畢竟生活完全不同。而且年紀比較大的那些人……唉，大概就是那樣。」

卡琪雅似乎不好意思說出真相。

單身集團的領導階層，和已經結婚生子的同性同行與前同行之間有隔閡，所以禁止後輩和那些人交流嗎？

在這種情況下，或許就算沒有直接禁止交流，大家也會看氣氛避免接觸吧。

我前世也有接觸過只由女性組成的團體，感覺她們在各方面都很辛苦。

我想起曾經有平時表現得非常開朗的女性職員，一臉正色地跟我說「一宮先生，女性的敵人就是女性喔」。

「不僅絕對不能談論老公的事情，我結婚之後，可能也會被她們斷絕關係。」

當上冒險者後，卡琪雅也曾被那個單身女冒險者的團體照顧過幾年，但以後就沒辦法參與她們的活動了。

因為明白這點，所以卡琪雅顯得有點寂寞。

「欸——好不容易才結婚並得以脫離那個團體，這時候應該要高興才對吧。」

「那個啊，露易絲。雖然我很感謝願意接受我並稱讚我可愛的老公，對現在的生活也很滿意。不過呢，我以前的生活也不壞啊。」

畢竟卡琪雅年紀輕輕就成為厲害的冒險者，所以或許早就做好自己可能一輩子都無法結婚的覺悟。

從她的角度來看，加入單身的女冒險者集團，應該也是段快樂的回憶吧。

「不過如果繼續待在那裡，感覺會永遠都無法結婚。」

「別說得這麼白啦！」

卡琪雅激動地告訴露易絲就算這是事實，也絕對不能說出口。

「那個，為什麼妳沒邀請認識的人參加婚禮呢？」

「艾莉絲，妳真的要問這個問題嗎？」

我和伊娜都能明白。

為什麼卡琪雅沒有邀請單身的女冒險者參加婚禮。

「因為奧伊倫貝爾格騎士領地太遠了……對吧，伊娜。」

「還要考慮交通費和住宿的問題。」

「明明這樣卡琪雅小姐的朋友們，就有機會認識其他參加的男性了。」

艾莉絲很溫柔，所以才會認為這對卡琪雅認識的那些單身女冒險者來說，是認識出席婚禮的單身男性的好機會。

不過我不認為前陣子那場辦得像物產展的婚禮，有辦法提供什麼好的邂逅。

「實力堅強的冒險者，應該也有可能來鮑麥斯特伯爵領地工作吧？如果是那樣的人，或許會來參加。」

「卡琪雅，妳覺得如何？」

「我有寄邀請函和信喔。不過最照顧我的前輩，當時剛好被指名委託，到遠離人煙的魔物領域工作了。哎呀，真是遺憾……」

即使如此，卡琪雅似乎還是有寄邀請函給最照顧她的前輩。

卡琪雅像是打從心裡感到遺憾般，告訴艾莉絲很不巧對方當時剛好有工作。

「這樣啊。真是太遺憾了。」

艾莉絲很早就結婚，基本上一定和單身的女冒險者們合不來。

當然艾莉絲並不會排擠她們，不如說她還會想溫柔地對待她們。

然而某方面來說，她們的個性算是相當彆扭，所以看在她們的眼裡，艾莉絲的溫柔就像是在找碴。

雙方之間的隔閡非常大。

雖然卡琪雅很遺憾那位女冒險者前輩不能來參加婚禮，但她或許同時也鬆了口氣。

我沒辦法問本人，但實際上大概就是這樣吧。

「話說，卡琪雅小姐。那位冒險者前輩，是叫莉莎嗎？」

「咦？為什麼亞美莉姊姊會知道？」

「那個，剛才鮑爾柏格的冒險者公會送了一封信過來給卡琪雅，寄信人好像就叫莉莎。妳看。」

亞美莉大嫂拿出家裡的傭人交給她的信，寄信人的欄位確實寫著莉莎的名字。

話說回來，既然有辦法寄信到鮑麥斯特伯爵領地，表示對方應該是個相當會賺錢的女冒險者。

「居然特地花大錢寫信給後輩，真是個溫柔的前輩呢。」

「是這樣嗎？」

咦？

亞美莉大嫂很感動居然有前輩特地寫信給後輩，但卡琪雅一聽見寄信人是莉莎，就逐漸變得有點奇怪……

「我以前住在鮑麥斯特騎士領地時，都很難寄信給老家。畢竟運費很貴。」

這個世界和日本不同，郵政系統並不發達，如果想寄信給遠方的人，就必須支付高額的運費。

雖然商人也能在利用魔導飛行船的定期航班運貨時順便幫忙送信，但因為沒有政府補助，所以一定會收錢。

因此寄信通常要花費好幾枚銀幣，換算成日幣就是數萬圓。

即使現在交流的機會增加，但如果想送信到帝國，運費還是會再多個一、兩位數。

「多虧威爾幫我出錢，我才能夠寫信給老家。」

「喔~你對亞美莉真溫柔呢。」

「泰蕾絲小姐，我當時只是以小叔的身分好心幫忙而已。」

「你還真是好懂，連講話都變得莫名有禮貌了。就算威德林喜歡大嫂，本宮也不會介意喔。」

「別幫我添加這種奇怪的屬性啦！」

要是又害我多了奇怪的謠言怎麼辦！

「威爾大人。」

「薇爾瑪，怎麼了嗎？」

「卡琪雅好怪，變得像是剛出生的小鹿一樣，連站都站不穩。」

「小鹿？」

因為薇爾瑪說了奇怪的話，我轉頭看向卡琪雅，然後發現她看著曾經照顧過她的女冒險者前輩寄來的信，像隻小狗或小動物般不斷發抖。

到底是什麼事情讓她這麼動搖。

「我還是第一次看見卡琪雅這個樣子。」

不只是卡特琳娜，就連我都沒看過卡琪雅發抖。

畢竟她平常都表現得很有精神。

「寄信人是照顧過妳的前輩吧？為什麼要發抖呢？既然曾經協助卡琪雅小姐獨立，一定是個溫柔的人吧……」

「嗯，是啊。」

艾莉絲果然無法理解。

對方應該確實是個非常照顧卡琪雅的前輩吧。

雖然卡琪雅現在很厲害，但新人時期應該也吃了不少苦。

我也很希望……照顧過她的女冒險者不是個壞人。

「不過，妳比那個前輩還早結婚。既然她特地寄信過來，一定是有什麼無理取鬧的要求……唔！」

因為露易絲太過多嘴，艾爾和遙連忙摀住她的嘴巴。

「怎麼想都只有這個可能啊。」

「就算是這樣也不准說。」

「也可能不是這樣。」

「呃，可是你們看卡琪雅抖成那樣。」

雖然我的想法和露易絲一樣，但保險起見還是得問清楚一點。

「卡琪雅，妳怎麼突然開始發抖？妳現在已經是我的妻子，如果有什麼煩惱……」

「老公——！」

我一向卡琪雅搭話，她就淚眼盈眶地抱住我。

味道好香……不對！

到底是什麼事讓她怕成這樣？

「是因為寫信過來的那個叫莉莎的人嗎？信上寫了什麼？」

「不得了了！大姊頭要過來探望我！」

「大姊頭？」

「我都叫莉莎前輩大姊頭。有一部分的理由是因為在這個業界，不能被男冒險者小看。」

如果叫「莉莎姊」或「前輩」，就會被大多個性粗暴的男冒險者小看吧。

「原來如此。所以卡琪雅才會那樣自稱。」（註：日文中表達「我」的用法很多，卡琪雅用「あたい」自稱，在語氣上顯得比較粗魯。）

「我從懂事時起就是這樣。」

「以前就是這樣啊！某方面來說，卡琪雅的老家真是驚人！」

為什麼在貴族家出生的女孩子，從小就會那樣稱呼自己啊！

艾爾難得說出符合常識的話，表示這樣實在太奇怪了。

不過，現在這件事根本無關緊要。

明明語氣有點粗魯，長相卻十分可愛的女孩子，從以前就是最棒的反差萌。

「我其實是離開老家後，才發現自己擁有魔力。」

「咦？那水晶球和魔法書籍呢？」

就連我的老家，都有用來判定有無魔力的水晶球和魔法的相關書籍。

不愧是連宗主都忘記的貴族領地。

「所以啊，我在就讀王都的冒險者預備校時……才想隱瞞自己的貴族身分，我當初是對王都有所憧憬，才會下定決心前往王都。」

卡琪雅的同學在知道她沒用水晶球測定過魔力後嚇了一跳，連忙讓她使用預備校的水晶球。卡琪雅直到那時候，才第一次知道自己擁有魔力。

「那時候我大概十四歲。」

「過了十歲後才知道自己擁有魔力，算是非常罕見的例子呢。不過，當時好像沒有聽說過卡琪雅小姐的傳聞。」

這麼罕見的人物，應該會在校內掀起一陣傳聞。

即使那間預備校是開在其他地方也一樣。

然而，無論是卡特琳娜或我們，都沒聽說過卡琪雅的傳聞。

「雖說發現擁有魔力，但程度還不到中級。再來就是我在預備校時期，並沒有學會魔法。」

不曉得是老師的教法不好，還是單純合不來。

卡琪雅在學校念書時，並沒有學會魔法。

她的魔力量也馬上就停止增加，即使擁有魔力，依然在不會使用魔法的情況下成為了冒險者。

「一開始都賺不到什麼錢，過得非常辛苦。我就是在那時候遇見大姊頭。」

那個叫莉莎的魔法師，似乎是個有名的人。

雖然我不認識她，但就連布蘭塔克先生都曾說過「伯爵大人真的對其他知名魔法師沒有興趣呢」，所以這也是無可奈何。

「我的魔力不多，沒機會讓享有盛名的布蘭塔克大人指導魔法，雖然大姊頭也是個知名人士，但她看在我是女孩子，非常親切地指導我。」

有些人即使擁有魔力，還是不容易找到自己能用或適合自己的魔法。

就算找到了，也可能會在發動魔法或學習應用技巧時陷入苦戰。

這和個人的才能有關，但總之卡琪雅以前似乎缺乏魔法的才能。

她在經過嚴苛的鍛鍊後，才總算學會現在的戰鬥方式，如今她在狩獵飛龍和翼龍方面，已經是個有名的冒險者。

「這都要感謝大姊頭的指導。」

「看來莉莎小姐是個很了不起的人呢。幸好卡琪雅小姐遇見了這麼好的人。」

「啊……嗯……」

「作為參考，請問妳都接受了什麼樣的指導？」

「那時候……」

卡琪雅直到這時候都還抖個不停。

如今臉上甚至開始冒出冷汗。

那個叫莉莎的魔法師一定非常優秀，但與其說是毀譽參半，不如說單純只是她的人格難以估量吧。

艾莉絲是預設對方的本性善良，才會認為引出卡琪雅才能的莉莎，是個非常好的魔法師。

「卡琪雅，那個艱苦的修行已經結束了。放心吧。」

「沒錯！我已經自由了！」

我溫柔地將雙手放在卡琪雅的肩膀上後，她才總算返回現實世界。

「話說妳到底是經歷了多慘的遭遇啊。」

艾爾在看見卡琪雅發抖的樣子後，稍微板起了臉。

「不過卡琪雅小姐現在的實力，全都是拜那段艱苦的修行所賜，所以也不能單方面地批評那個叫莉莎的人吧。」

「所謂的鍛鍊，基本上都很嚴格。雖然還是要有個限度……」

艾爾說得好像是在參加什麼嚴格的社團活動。

冒險者這行在各方面都很嚴苛，所以莉莎對卡琪雅實施的嚴格訓練，確實不是沒有意義。

而且卡琪雅之所以能獲得足以和男冒險者對等往來的堅強精神力，或許就是拜那些訓練所賜。

這麼說來，我和露易絲也曾因為導師而吃了不少苦。

「然後，那個同時兼具嚴厲與溫柔的莉莎小姐要來這裡嗎？」

「好像是這樣。」

簡單來講，就是亞美莉大嫂說的那樣。

經常照顧卡琪雅的女冒險者前輩，要來探望新婚的卡琪雅。

而且還是特地花時間和高額的交通費，從王都來到鮑爾柏格。

「乍看之下，是件美談呢。」

「難道不是嗎？」

「從卡琪雅小姐的反應來看，實在不太像是那樣……」

卡特琳娜說得沒錯，那個叫莉莎的魔法師現在還單身，所以一定會像個小姑般對卡琪雅……再講下去太可怕，我實在不敢想像。

伊娜也露出複雜的表情。

「老公，你願意陪我一起見她嗎？」

「呃，這個嘛……」

「不行嗎？」

「妳想想看，雖然那個叫莉莎的人是個有名的魔法師，但我們還不曉得能不能信任她。」

我個人是覺得無所謂，但不曉得羅德里希會怎麼判斷。

優秀的魔法師擁有很高的社會地位，所以就算是不認識的人，或許還是會被允許進入領主館。

不過我現在是大貴族鮑麥斯特伯爵。

若那個魔法師是和我敵對的貴族派來的刺客，或許會在和我見面時，對我下毒手。

儘管可能性很低，但羅德里希必須盡全力維護我的安全。

進一步而言，卡琪雅也是才剛嫁進鮑麥斯特伯爵家不久。

如果是艾莉絲她們的熟人或朋友，或許還會被放行，但羅德里希很可能會對卡琪雅說：「非常抱歉，但能請兩位在屋外見面嗎？」

「說得也是。畢竟我們還不清楚她是個什麼樣的人……我對有名的冒險者也不怎麼熟悉……」
站在艾莉絲的立場，她也不能隨便讓可疑人物靠近我，所以對卡琪雅感到很不好意思。
「再過一段時間，等羅德里希先生調查完那個叫莉莎的人後，或許他就會讓我們招待她來家裡。不過這次就……」
「欸——！我必須單獨和大姊頭見面啊——！」
聽完艾莉絲下的結論後，卡琪雅發出摻雜絕望的慘叫。
「你們已經認識了好幾年，而且她實質上還是妳的魔法老師，為什麼妳會這麼不想單獨和她見面啊？」
「平常是沒關係，但問題是我才剛新婚。」
「這才是最大的問題嗎？」
伊娜可能無法理解，但我也明白這就是最大的問題。
「嗯，大姊頭現在還單身，而且也沒有交情好的男性朋友，以後也沒有預定要結婚……至少我從來沒聽說過……」
據卡琪雅所說，莉莎現在還是單身，而且將來結婚的可能性似乎也很低。
要一個人和這種同性前輩見面啊……
「有沒有人！有沒有人願意陪我一起去！」
「「「「「「辦不到！」」」」」」

我們當然都全力拒絕卡琪雅的請求。

這世界上不會有人自願跳進地雷區裡。

「抱歉，我也不太方便。」

「怎麼這樣……」

就連亞美莉大嫂這個最後的希望都拒絕了卡琪雅，讓她陷入不知那個叫莉莎的女冒險者前輩何時會來訪的恐懼之中。

第四話　莉莎來襲

「叫莉莎的有名魔法師？嗯，我知道這個人。」

距離卡琪雅收到信後又過了幾天，就在大家正好有空，一起聚在中庭裡休息時，我的魔導行動通訊機收到了布蘭塔克先生的來電。

他表示布雷希洛德藩侯有一封信要交給我，用「瞬間移動」去接他後，事情一下子就解決了，所以我順便向布蘭塔克先生打聽莉莎的事情。

布蘭塔克先生是個老練的冒險者，人面也很廣，所以知道這個人。

「『暴風雪莉莎』。唉，她在各方面都很有名。之前海特前公爵引發決鬥騷動時，我也有跟你提過這個名字……」

「就是在懷疑對方找到優秀代理人時，提出的可能人選之一吧！」

我的確曾經聽過「暴風雪莉莎」這個名字。

在懷疑那個公爵找到實力高超的代理人與我決鬥時，布蘭塔克先生首先就想到這號人物。

「喔，那傢伙也有收徒弟啊。」

「你認識她嗎？」

「算是認識。她剛當上冒險者時，曾經讓我指導過一段時間。我本來以為她不是會教別人魔法的那種人，沒想到她居然收了卡琪雅姑娘當徒弟……人果然很難說呢。」

布蘭塔克先生看向沒有加入我們的對話，獨自在中庭鍛鍊的卡琪雅。

她是為了隨時準備好對抗莉莎……當然不可能是這樣，只是因為不曉得莉莎何時會來，所以才靠鍛鍊分散注意力吧。

寫信沒辦法像日本的電話或簡訊那樣，在事前精確地聯絡對方何時會抵達。

雖然我也有借卡琪雅魔導行動通訊機，但那個叫莉莎的人沒有這種裝置，所以還是無法聯絡。

即使有辦法聯絡，現在的卡琪雅看起來也絕對不會主動聯絡她。

「不愧是師傅，居然還教過莉莎魔法。」

卡特琳娜對布蘭塔克先生人面很廣這點感到十分佩服。

雖然在冒險者當中，原本就很難找到比布蘭塔克先生還要交遊廣闊的人，但沒想到他還教過那麼有名的人魔法。

「我從來沒聽大姊頭說過她曾經向布蘭塔克先生學習魔法。」

原本一直在逃避現實，集中精神鍛鍊的卡琪雅，跑來這裡加入我與布蘭塔克先生的對話。

「我只有在她剛出道時，稍微指導過她一段時間。那傢伙叫妳稱呼她大姊頭嗎？」

「大姊頭覺得『師傅』聽起來太老，所以不准我這樣叫她。如果用大姊頭以外的方式稱呼她，就會被她罵。」

「真難理解。明明大姊頭和師傅都差不多。」

莉莎似乎堅持卡琪雅叫她大姊頭，如果用其他方式稱呼她，她就會生氣。

我也覺得「大姊頭」聽起來比較老氣，但莉莎本人似乎很中意這個稱呼，所以其他人講再多也沒意義。

我都稱師傅為「師傅」，明明他的外表比實際年齡年輕，卻同時兼具威嚴。

死語者的年齡不會增長，應該也有影響。

「既然這麼在乎稱呼，表示年紀應該滿大了吧。」

「薇爾瑪講話還是一樣毫不留情呢。我不能隨便洩漏大姊頭的個人情報。」

「說了會很慘嗎？」

「這個也不能說！」

卡琪雅堅持不肯說出暴風雪莉莎的年齡。

雖然薇爾瑪沒繼續追問，但她問的方式非常巧妙，所以大概能猜出是怎麼回事。

「話說回來，她什麼時候要來看卡琪雅啊？從信的內容來看，感覺應該不會拖很久。」

「就是不曉得詳細的日期，才讓人心煩。即使她是直接從王都搭魔導飛行船來鮑爾柏格，應該也不會那麼快，畢竟大姊頭是個非常能幹的冒險者。」

「還必須跟這裡的冒險者公會打招呼嗎？」

「大概就是這樣。」

從卡琪雅的反應來看，莉莎似乎是位非常有個性的女性。

不過她同時也是個以女流之身，當上超一流魔法師的冒險者。

像這樣的人物，如果想在沒有被指名委託的情況下長期離開平時作為根據地的王都，來到鮑爾柏格，就要先前往王都和鮑爾柏格的冒險者公會報告自己的行蹤。

這是因為實力堅強的冒險者經常收到指名委託，公會也想盡可能掌握他們的行蹤。

「畢竟大姊頭實力非常堅強。」

「特地強調實力，感覺好像能輕易想像出她平常的樣子，又好像不能……總之她現在單身吧？」

「因為大姊頭的個性很好強……」

她不僅是個能幹的女冒險者，還是有能力獨自賺錢的魔法師。

男性通常不太敢靠近這種人。

而且比起和奇怪的男人結婚，她大可自己賺錢愉快地過活。

其實一般反而是沒什麼實力的女冒險者比較早婚。

因為知道無法以自己的實力養活自己……所以比較不會那麼挑對象。

這方面的事情，可以說是自明之理。

話說回來，在我前世的公司，擔任管理職的女性愈是能幹會賺錢，就愈容易單身……

在某一次酒會上，男上司曾因為嫌麻煩，將喝醉後開始抱怨的女上司推給我照顧，她表示自己參加了相親活動，但完全沒遇到好男人。
因為無法中途逃跑，我只能在半放空的情況下，一直聽她抱怨到早上。
這應該算是這世界上最不幸的事情了吧。
「大姊頭本人其實很想結婚，只是沒有對象……」
「不過她從以前就非常好強……應該沒什麼機會吧？」
布蘭塔克先生想起以前和莉莎往來時的狀況，輕聲嘟囔道。
雖然原本的性格或許也有影響，但基於冒險者的職業性質，許多女冒險者都無法忍受被男人瞧不起。
如果不這麼做就很難倖存下來，但這麼做又會害自己嫁不出去。
女冒險者是個非常麻煩的職業。
「雖然她長得很漂亮……」
「喔，是這樣嗎？」
「伯爵大人要娶她嗎？」
「呃，不用了……」
感覺那個叫莉莎的人，比同樣是女冒險者兼魔法師的卡特琳娜還要危險。
卡特琳娜的狀況，還算是有許多可愛的地方。
而且她和我一樣孤僻，令人倍感親切。

「原來如此，因為不曉得莉莎何時會來而感到焦慮不安，所以卡琪雅姑娘才會拚命鍛鍊啊。這是在逃避現實呢。」

＊＊＊

「嗚嗚……我也只想得到這個辦法。」

「也不是不能理解妳的心情。那麼……」

布蘭塔克先生突然露出嚴肅的表情。

順著他的視線看過去後，我發現亞美莉大嫂和泰蕾絲正在隔壁桌開心地聊天。

在我們這些成員當中，這兩個人算是年齡比較接近的一對，泰蕾絲從隧道騷動以前，就經常向亞美莉大嫂學習料理，兩人就這樣成了朋友。

「我的老家也有這種水晶球呢。」

「帝國的每個貴族家也都有喔。這樣才能發掘魔法師。」

「這是這個家的水晶球嗎？」

「是啊，這是本宮借來的。因為本宮有想嘗試的事情。」

兩人開心地聊天，在她們那一桌放著我小時候用來測試魔法師素質的水晶球，泰蕾絲正用雙手遮住水晶球。

水晶球發出漂亮的彩虹色光芒。

「只要把手放在上面，水晶球就會變成彩虹色。我記得我小時候也是這樣。」

「然後，如果有魔法的才能，光芒就會消失。」

泰蕾絲用雙手遮住的水晶球開始失去光輝，這表示她擁有魔法師的才能。

泰蕾絲居然有魔法的才能！

不只是我和布蘭塔克先生，其他人也跟著緊張了起來。

泰蕾絲本人則是顯得非常開心。

該說真不愧是前公爵嗎？

「身體變熱了。」

「好厲害，真的和我之前從威爾那裡聽說的一樣。」

「本宮小時候也曾經很想成為魔法師，不僅會試著將手放在水晶球上方，還會自己看書玩樂。和一般的魔法師相比，本宮看了更多書籍學習鍛鍊魔法的方法。」

泰蕾絲小時候也夢想成為魔法師，但這個願望最後似乎沒有實現。

如今她在發現自己擁有魔法的才能後，露出非常開心的表情。

「那時候應該是被判定沒有才能吧？」

「沒想到過了二十歲後，才覺醒了魔法師的才能。這真是令人高興的失算。」

「好厲害，原來會變成這樣。要是我也會用魔法就好了。」

「隱藏的魔法才能啊……目前可能只有威德林能引出這種才能。」

「雖然厲害，但要是被人知道有這種特技，可是會掀起大騷動呢。」

「是啊。所以不能隨便告訴別人。」

明明內容極度敏感，兩位年長女性依然聊得很開心。

泰蕾絲身為魔法師的才能直到現在才顯現出來。

布蘭塔克先生似乎察覺這代表什麼意義。

然後，他用受不了的眼神看著我。

「伯爵大人……」

「啊哈哈……這表示我和布蘭塔克先生一樣都是男人。」

「這和我沒有關係吧……」

這沒什麼大不了的。

單純只是我和泰蕾絲成了那種關係。

前陣子，泰蕾絲說我晚上隨時可以去找她，所以我就照做了，然後泰蕾絲又說我可以直接住下來，如果這時候還跟她客氣反而失禮，所以我就在她家住了一晚。

「你出手得還真乾脆。」

布蘭塔克先生直截了當地說道。

而我也無法反駁。

「雖然乍看之下是那樣，但本宮和威德林從親善訪問團時開始，就一直有在互相調情。這點布蘭塔克也很清楚吧。」

「是啊。我想起來了，泰蕾絲大人一直都很積極呢。」

「本宮甚至不惜捨棄菲利浦公爵之位，讓自己的立場轉為被動，這場勝利，是奠基在本宮的頑強，以及變幻自如的戰略之上啊。」

「唉……」

布蘭塔克先生朝泰蕾絲露出像在說「這只是歪打正著而已吧？」的表情。

「唉，我只是鮑麥斯特伯爵大人的宗主，布雷希洛德藩侯家的首席魔法師，只要羅德里希大人和夫人們沒有不滿，我既沒有理由，也沒有權利反對。」

布蘭塔克先生表示自己沒辦法有意見，轉而詢問擔任最後一道防線的艾莉絲她們，是否願意接受泰蕾絲。

「雖然以前對她有不少怨言，偶爾也會互相爭執或吵架，但這些都已經成為美好的回憶。泰蕾絲小姐已經幾乎每天都會待在這裡。我覺得這比較像是承認既成事實。」

「喔，不愧是威德林的正妻。艾莉絲的胸襟真是開闊。」

艾莉絲以笑容回應，似乎並不討厭被泰蕾絲稱讚。

站在艾莉絲的角度，打從我收留難以繼續待在帝國的泰蕾絲後，她就已經做好事情會變成這樣的覺悟了吧。

再來就是泰蕾絲已經不再是菲利浦公爵了，所以艾莉絲對她並沒有什麼特別的不滿。

「而且泰蕾絲小姐的建議，幫了我們許多忙。」

艾莉絲是名譽貴族的千金，所以就算想協助治理鮑麥斯特伯爵領地，也無法做到盡善盡美。其實一直以來，都是泰蕾絲在私底下幫她。

儘管輸給了彼得，泰蕾絲也不是平白就能以獨裁的方式，治理那麼廣大的領地。

如果自己公開露面，或許會招惹麻煩，所以她一直都是私下提供建議，在面對外界時，也堅決表示自己只是受鮑麥斯特伯爵領地照顧的隱居人士。

羅德里希也對泰蕾絲這樣的態度讚譽有加，她也逐漸和艾莉絲她們發展成會一起做菜的關係。

「結果在隧道事件中，也是泰蕾絲的意見最正確。要是一開始就那麼做，就不用多費那麼多工夫了。」

「伊娜。那是因為本宮是局外人，才有辦法說出那種話。為政者本來就經常因為考慮太多，或是被周圍的意見拉著走，而多走一些冤枉路。只要最後能順利修正軌道就沒問題了。」

「那件事最後是以讓威爾取得隧道權利的方式解決。這樣對布雷希洛德藩侯來說，算是失敗了嗎？」

「沒錯，如果布雷希洛德藩侯取得那些特權，或許會被人批評：『就算你是宗主，一個人占盡所有好處也太狡猾了！』他應該不希望事情變成那樣吧。」

泰蕾絲向露易絲說明，有時候這種嫉妒也可能會導致貴族家沒落。

「舊奧伊倫貝爾格騎士領地後來大部分都由布雷希洛德藩侯接管，而且他還獲得了在隧道周邊建立與營運各種設施的權利。他已經賺夠本了。」

「薇爾瑪說的沒錯。只要結果順利，一切都沒問題。而且啊，布蘭塔克。」

「唉……什麼事？泰蕾絲大人。」

不曉得布蘭塔克先生有沒有發現話題已經愈扯愈遠，不過就算我和泰蕾絲發展成那種關係，他也絕對不會反對吧。

只是他參加上一屆訪問親善團時照顧過的少女，現在已經和其他男性湊成一對，或許讓他的心情變得有點複雜。

他事前應該沒想到我和泰蕾絲已經發展成那種關係，而且還獲得了艾莉絲她們的承認吧。

不對，我本來就不會擅自和泰蕾絲發展成那種關係。

因為我怕要是真的那麼做了，會惹艾莉絲她們生氣。

「本宮對外並非威德林的妻子。不過，打從本宮隱居後搬到鮑麥斯特伯爵領地，接受大家的照顧時起，應該就有許多貴族將本宮視為威德林的愛人了吧。和亞美莉是相同的待遇呢。」

意思是周圍的人們就算認為我們是那種關係，也不會公開宣揚或是加以批判。

「反正威德林擁有足以讓其他人閉嘴的實力，所以隨自己高興去做就行了。本宮現在生活無虞，所以只要小孩的將來能獲得保證，就不會多說什麼。幸好鮑麥斯特伯爵家現在多得是分家與家臣家的名額。」

泰蕾絲表示沒打算讓自己的小孩成為鮑麥斯特伯爵家的繼承人。

她自己就曾經因為繼承問題和兄弟們鬧得不愉快，所以不希望自己的小孩站在相同的立場吧。

「本宮不打算做出什麼改變，會和處境相同的亞美莉和睦相處，不用特別在意本宮。」

「這樣啊。」

泰蕾絲宣告自己沒打算成為我的妻子。

她打算貫徹地下愛人的立場。

這樣布雷希洛德藩侯也無法有怨言。

其他貴族也一樣，畢竟許多貴族底下都有立場類似的女性，如果隨便批評，或許會砸到自己的腳。

「所以說，也來協助本宮學習魔法吧。」

「明明這才是最大的問題……可惡，因為不能交給其他人處理，所以一定得由我來教。如果被其他貴族知道，事情會變得很麻煩……」

布蘭塔克先生根本就不在乎我有幾個妻子，但如果突然會用魔法的妻子變多，隱藏起來會很麻煩，所以他只想迴避這種情況。

不過這次是無可奈何。

「就算想保密，也遲早會走漏消息。不過現在為了讓晚入門的魔法師泰蕾絲能夠震撼出道，就先來祕密接受特訓吧。」

「真羨慕泰蕾絲大人能那麼悠哉……」

就是啊，這又不是魔法少女動畫……就算這麼說，也只有我一個人聽得懂吧。

「退隱的貴族都是這樣啦。因為不用背負責任。」

泰蕾絲悠哉地說著，並繼續進行讓魔力在水晶球與體內循環的鍛鍊。

一開始就能在與別人對話的同時做到這樣的事，證明她身為魔法師的才能十分優秀。

「好厲害，遠比我有才能呢。」

在學習魔法的基礎時就遭遇過挫折的卡琪雅，對泰蕾絲作為魔法師的才能感到佩服。

「布蘭塔克先生，我的魔力也增加了，所以希望你也能指導我。這樣或許能學會新的魔法。」

繼泰蕾絲之後，卡琪雅也想拜布蘭塔克先生為師。

難得魔力增加了，她也想學會新的魔法。

「我是無所謂，但這樣莉莎不會生氣嗎？」

「雖然她或許會生氣，但不能讓別人發現我的魔力提升了吧？」

聽說莉莎是個優秀的魔法師，如果讓她和卡琪雅見面，卡琪雅魔力增加的事情或許就會曝光。

「妳們也不可能永遠都不見面吧。布蘭塔克先生，不如教她不會被人發現魔力增加的方法怎麼樣？」

「方法不是沒有，但卡琪雅姑娘很可能學不會。雖然還是要試過才能確定。」

因為麻煩事又變多了，布蘭塔克先生露出厭煩的表情。

「如果這樣就能瞞過去，那當然是最好，但真的被發現時，也無可奈何。或許那個叫莉莎的人很遲鈍也不一定。」

「不，這世界可沒這麼好混。莉莎是個優秀的魔法師。」

從布蘭塔克先生的描述來看，感覺她是個非常棘手的人。

到底是什麼樣的人呢？

「師傅，我也來幫忙。畢竟卡琪雅小姐到底有沒有這方面的資質，還是要試過才知道。」

「說得也是。」

卡特琳娜也決定要幫忙指導兩人。

她是正統派的魔法師，所以她能幫忙訓練兩人當然是最好。

「如果只是要保密，那導師也行……」

「導師不太適合指導初學者……」

就連已經算是天才的卡特琳娜，都覺得無法跟上導師的指導方法。

「嗯，確實是不怎麼適合。就算不是初學者，也不是人人都能接受！」

過去曾在導師底下修行了兩年半的露易絲，也贊同卡特琳娜的意見。

我也這麼覺得。

真要說起來，導師在我和露易絲之後，根本就收不到任何徒弟。

『最近的年輕魔法師都太軟弱了，真讓人困擾！』

導師之前來家裡吃飯時，曾生氣地表示只要對最近的年輕魔法師稍微嚴厲一點，他們就會馬上逃跑。

不過他對「稍微嚴厲」的看法，與我和露易絲有相當大的差異。

「就算不考慮這點，導師最近也很忙。」

「他很忙嗎？為什麼？」

「導師也在帝國內亂中大為活躍。所以很多地方都找他去演講。」

布蘭塔克先生是受僱於布雷希洛德藩侯家，所以王國政府也不方便派他出面，但導師是王宮首席魔導師。

再加上導師平常工作都在偷懶，所以行程被排得非常緊湊。

『我們今天請到了在帝國內亂中大為活躍的阿姆斯壯導師來演講！』

『……在下……』

「畢竟導師無法拒絕陛下的要求。」

在陛下的請求下，導師必須到王國各地進行演講。

「不曉得舅舅還好嗎？」

「沒問題啦。他又不是那種會緊張的人。」

「不……聽說來聽演講的人當中，也包含了小孩子……」

「他們或許會被嚇哭，但導師又不會吃掉他們，所以沒問題啦。」

布蘭塔克先生如此回答擔心導師可能會不受女性和小孩子歡迎的艾莉絲。

「導師很忙啊。」

「沒錯。所以他暫時應該無法來這裡……」

不曉得是不是因為布蘭塔克先生說了這種話，北方突然出現強大的魔力反應朝這裡靠近，讓我們頓時緊張了起來。

「是龍嗎？」

隨著魔力增加，卡琪雅對其他魔法師的氣息也變得敏感，她擺好架勢，瞪向北方的天空。

只有在我們當中對魔力反應最敏感的布蘭塔克先生，一個人悠哉地喝著茶。

「伯爵大人，就算警戒這個魔力反應也沒意義喔。」

「是認識的人啊……」

布蘭塔克先生也有教我只靠魔力反應辨別對方身分的方法，但我就是學不太會。

「只有那個人，會發出這種粗暴又強大的魔力反應。」

布蘭塔克先生話才剛說完，中庭就傳來像是隕石墜落般的巨響和衝擊，幸好我們事先張開魔法障壁，才沒有被塵土波及。

我的茶還沒喝完，要是有土跑進去就麻煩了。

「大家真冷靜。」

亞美莉大嫂或許是第一次看見，但其他人都想起某人以前也是這樣登場。

「每天都到不同的城鎮講一樣的內容，實在是有夠無聊！在下今天休假，又剛好來到附近，所以就飛過來了！」

在中庭降落的人，就是導師。

或許是因為魔力有所成長，他降落時產生的威力又變得更強，在地面留下一個隕石坑。

「導師，拜託別在我家的庭院開洞。」

「不好意思……」

「啊——！庭院多了一個大洞！」

雖然我們已經習慣了，但對因為聽見巨響而趕來這裡的蕾亞來說，這似乎是非常震撼的景象。

她指著隕石坑大喊。

之所以只有蕾亞一個人趕來，是因為多米妮克正在請產假，所以蕾亞接替了她大部分的工作。

「主人！是刺客嗎？」

「蕾亞，妳不用擔心，不是那麼誇張的事情。」

「這樣啊……我馬上叫人來把那個洞填起來。」

蕾亞去找多米妮克的丈夫卡斯帕爾，拜託他把洞填起來，身為園丁的他，馬上就帶了幾名部下過來填補坑洞。

鮑麥斯特伯爵家，就是像這樣靠著許多人在維持。

「真是優秀的園丁。」

「舅舅，我覺得替別人增加多餘的工作不太好……」

導師稱讚卡斯帕爾辦事俐落，但馬上被艾莉絲勸告不要給別人增加多餘的工作。

「導師，你今天休假嗎？」

「沒錯！每天都忙著演講，真是累死人了！」

導師基本上比較擅長活動身體，所以動腦袋向聽眾們演講，可以說是最不適合他的工作。

「舅舅，請先喝杯茶……晚一點要留下來用餐嗎？」

儘管導師登場時給人添了麻煩，但艾莉絲對這個舅舅並沒有什麼不滿。

她之後還問導師要不要留下來吃飯。

「在下平白花了許多腦力，現在異常想吃甜食！大腦的糖分不夠啊！」

「如果是餅乾的話，馬上就能準備好。」

「艾莉絲，在下難得來到鮑麥斯特伯爵領地！所以比較想吃用魔之森產的水果做的點心！」

「如果是比較費工的點心，就要稍微等一下喔。」

「那麼就去外面吃吧！大家也一起來！在下請客。」

肚子餓了，想吃甜食，讓這裡的廚師做太花時間，所以請大家到外面吃。

雖然導師還是一樣我行我素，但反正我們接下來原本就沒有安排行程，如果要去外面吃，那我倒是有幾間想去的店。

即使當上了大貴族，決定要外食時還是會覺得興奮。

「大家接下來都沒事吧？」

「是的。偶爾出去外食也不錯呢。真令人期待。」

「伊娜，妳有想去的店嗎？」

「等我一下，我馬上拿鮑爾柏格的餐廳導覽過來。」

導師的邀請，讓艾莉絲、露易絲和伊娜都感到很開心。

「在下有想去的店！是一間叫『辣妹津根』的甜點店！」

「導師，我也推薦那間店。」

「在下想吃那裡的『水桶聖代』！」

薇爾瑪和導師都很推薦那間叫「辣妹津根」的店……感覺前世好像也有名字類似的女大胃王藝人……是巧合嗎？

既然有「水桶聖代」這種甜點，表示那裡應該是兩人最喜歡的大分量店家吧。

「我不太能接受那種甜點……」

「是啊，這樣隔天的體重可能會有點不妙……可以選其他店嗎？」

卡特琳娜和遙都有點在意體重會增加，所以一聽見「水桶聖代」這個名稱，就提議換另一間店。

「不用擔心，也可以點普通的分量。」

「那就沒關係了。」

「雖然瑞穗的點心很棒，但用魔之森的水果製成的點心也很棒呢。」

薇爾瑪表示其實那裡大部分的甜點都是正常分量，兩人聽見後，便開心地表示要一起同行。

「艾爾只要能和遙一起出門，去哪裡都無所謂吧。」

「雖然這是事實，但也稍微關心我一下吧。」

「我最差也能點茶或咖啡，所以無所謂。」

「本宮有去過那間店，那裡的甜點出了名的好吃。亞美莉也一起來吧。」

「好多人喔。感覺會很開心呢。」

「畢竟是由鮑麥斯特伯爵大人領軍，當然是人多一點比較好。」

艾爾是本來就一定會去，布蘭塔克先生、泰蕾絲和亞美莉大嫂也答應同行後，就等於是所有人都要一起去。

「威爾，你忘了一個人喔。」

在亞美莉大嫂的提醒下，我這才注意到打從導師登場以後，卡琪雅就一直沉默不語，她像是不想引起別人的注意般，隱藏了自己的氣息。

「卡琪雅，妳不去嗎？」

「老公，如果在外面遇到大姊頭就不妙了。我還是留下來看家吧。」

難得大家要一起外食，卡琪雅卻不想出門，她到底是多害怕那個叫莉莎的人……

「她今天應該不可能來吧？」

「對啊。畢竟今天一整天都沒有從王都來這裡的直航班次。」

伊娜和露易絲都覺得卡琪雅擔心過頭了。

「她可能昨天就到了，又或是從布雷希柏格搭魔導飛行船過來……」

卡琪雅為了避免見到莉莎，堅持不和我們一起出門。

看來她病得不輕啊。

「怎麼了嗎？」

「其實……」

我簡單向導師說明卡琪雅的狀況。

「可怕的前輩啊。反正會遇到的時候就是會遇到！總不可能一輩子都不見面吧！那麼，該出發了！」

「欸——！我就不去了啦！」

「大家一起出門時，不參加就虧大了！在下牽妳的手一起走！」

「我不想出門啦——！」

卡琪雅因為不想出門而拚命抵抗，但這招當然不可能對導師有用，他硬是抓著卡琪雅的手，將她拉到屋外。

＊　＊　＊

「在下！要點一個水桶聖代！」

「我要三個。」

「唔嗯嗯……晚點再續一份！」

離開領主館後，我們抵達位於鮑爾柏格中央區的咖啡廳「辣妹津根」，導師馬上就點了最有名的水桶聖代。

據說這道甜點最早是為了讓顧客能以划算的價格分食，才開發出來的菜單，但之後逐漸演變成讓大胃王們挑戰的甜點。

薇爾瑪一開始就突然點三份，讓導師燃起了無謂的競爭意識。

我們則是點了普通分量，號稱使用大量魔之森水果做成的水果聖代。

「只要吃一份普通的就夠了。」

「雖然我平常就這麼覺得，但真虧薇爾瑪和導師那麼會吃呢……」

普通的水果聖代分量就已經算多了。

何況是水桶聖代……雖然不至於真的用水桶裝，但盛裝的玻璃容器確實如同其名，和水桶差不多大。

據店員所說，差不多是二十人份。

「嗯——太好吃了！」

「女僕們說的都是真的呢。多米妮克之前好像也來吃過，而且還說很好吃呢。」

「只要之後再減肥就沒問題了。」

「真慶幸本宮已經退隱，這樣就能輕鬆地來這種店用餐了。」

「妳這樣講，阿爾馮斯大人不是會很可憐嗎？」

「亞美莉，關於這點，其實他在本宮還是當家時，也經常偷偷出入這種店。差別只在於是先苦後甘，還是先甘後苦啊。」

「艾爾先生，真好吃呢。」

「雖然正常吃是很好吃，但那個水桶聖代實在太誇張了……」

「感覺對健康不太好……」

大家開心地聊天，同時津津有味地享用水果聖代。

「這個真好吃。這個下午實在是太棒了。」

「布蘭塔克先生，你這樣好嗎？」

「沒關係啦！我家老爺說我今天可以晚上再回去，到時候酒也差不多醒了。」

連布蘭塔克先生都開心地喝著加了白蘭地的水果調酒……其實幾乎都是白蘭地。

這間店也有專為喜歡酒的大叔設計的餐點……是因為預設會有想泡妞的大叔帶女孩子來光顧

嗎？

「真好吃，再來一份。」

「在下也要再來一份！」

至於薇爾瑪和導師，則是擅自展開了吃聖代大賽。

冷靜想想，我們這桌的狀況實在是很混亂。

雖然有一部分是因為我的領主身分，但周圍的位子全都沒有人坐。

「卡琪雅，難得有這個機會。」

「嗯……」

此時，就只有擔心莉莎不知何時會來的卡琪雅沒有吃水果聖代，所以伊娜勸卡琪雅一起享用這道美味的點心。

「沒錯！不管再怎麼煩惱，該來的還是會來，最好是忘記那些事情，專心享受現在！」

雖然有一部分是因為覺得事不關己，但基本上個性樂觀的導師，也推薦卡琪雅吃水果聖代。

「而且就算真的發生了什麼事！妳還有個可靠的丈夫！」

「說得也是。」

卡琪雅平常很少煩惱，所以一消沉就會變得非常嚴重，但在與其說和她是同類人，不如說性格與她相似的導師鼓勵下，她馬上就重振精神。

「聖代真好吃！」

「對吧？話說莉莎是個什麼樣的女魔法師？」
「導師不認識她嗎？」
已經放棄水果調酒，直接喝純白蘭地的布蘭塔克先生，似乎沒想到導師不認識莉莎。
「導師在這個業界也算是老資歷了吧？」
「在下現在是以王宮首席魔導師的任務為主！因此只有稍微聽過她的傳聞！」
導師回答自己現在已經很少以冒險者的身分活動，所以對莉莎的事情只是略有耳聞，並不曉得詳情。
「聽說她曾在酒吧將看不順眼的男冒險者凍成冰塊，還有之前打算在罕無人煙的山上對她亂來的冒險者，現在仍被冰在山頂。大概就是這類謠言。」
總之只要讓她看不順眼，或是與她敵對，就會被凍成冰塊啊。真是個可怕的人。
「舅舅，被凍成冰塊應該會死掉吧……」
「不，再怎麼說那些傳聞都太誇張了。畢竟真的那樣做可是會死人呢。聽說她只是巧妙地用冰塊包住對方，讓對方有幾個小時無法動彈而已。」
「我覺得這樣就已經夠殘忍了……」
雖然一個不小心，或許會演變成傷害事件，但冒險者這行就是靠實力說話……
為了避免被同行看不起，有時候也得靠強硬的手段解決爭執，雖說對手是魔法師，但被同行凍成冰塊的人，也無法就這樣訴諸公權力。

「感覺是個危險的人呢。」

「會用魔法攻擊與自己起爭執的同行這點，和卡特琳娜很像呢。」

「伊娜小姐，妳對我好像有很深的誤解，我才不會做那種事。」

卡特琳娜表示自己不會做出像莉莎那樣的事。

「真的嗎？不過妳也是獨自行動的女冒險者，難道都沒有被找過麻煩嗎？」

「沒有。大家一定是敬畏我高貴的外表和氛圍。」

卡特琳娜得意地說道，但或許單純只是因為她散發出讓人難以接近的孤獨氛圍。

畢竟就連同樣具備魔法才能的莉莎，都會被同行騷擾。

「大家似乎都對那位叫莉莎的小姐很有意見，但她也可能單純只是來探望剛新婚的後輩過得好不好吧？」

「亞美莉小姐，我也這麼覺得呢。那位叫莉莎的小姐，一定是打從心底在替曾經照顧過的卡琪雅擔心……」

「我不這麼覺得，背後一定有鬼。」

亞美莉大嫂和艾莉絲都預設莉莎是個善良的人，但被薇爾瑪乾脆地否定。

「或許她會為了確認卡琪雅有沒有因為新婚生活變弱，而叫她展現實力也不一定。」

薇爾瑪並沒有講得太白，但簡單來講就是以訓練為藉口，教訓比自己早結婚的後輩吧。

女人的嫉妒真恐怖。

「薇爾瑪，別說那麼可怕的話啦！」

話雖如此，從水果聖代已經被吃完來看，卡琪雅似乎已經重新振作起來。

「如果有空做這種事，不如去找自己的結婚對象，就是因為做事這麼消極才會無法脫離單身。」

「薇爾瑪，妳講話真的毫不留情耶……」

薇爾瑪刻薄的評論，讓卡琪雅徹底傻眼。

「不過信上只寫了最近會來，沒有寫正確的時間，真令人困擾。」

露易絲抱怨就是因為這樣，我們的討論才會一直沒有結論。

「就是啊，所以我才覺得很困擾。老公，我想再吃一份聖代。」

「妳看起來根本一點都不困擾……不過總比為了不曉得何時會來的人，在那邊猶豫不決要好。」

「大姊頭應該再不久就會來吧……」

「我已經到了。卡琪雅，妳該不會變遲鈍了吧？」

「咦？大、大姊頭！」

因為後面突然傳來聲音，我們所有人都一齊轉頭，然後發現在離我們坐的露天座位數公尺遠的地方，站了一位女子。

女子緩緩走向我們。

她的外表看起來將近三十歲。

女子身穿緊身的黑色連身短裙搭配黑色長靴，大膽地露出大腿，與其說這副打扮與她的年齡不搭，不如說她是刻意表現出不在意這點的樣子。

除此之外，她還披了一件設計像披風，採用大量亮線裝飾的紅色長袍。

一頭深綠色的長髮，是俗稱的無層次髮型。根據前世從我媽那裡獲得的知識，在泡沫經濟破裂前，曾經流行過這種打扮和髮型。

雖然現在已經沒人在用這個詞，但這就是所謂的「奢華風美女」吧。

我曾在以前的影片裡，看過這種像是會在〇ULIANA跳舞的人，所以害我覺得她的黑色連身短裙，看起來就像能突顯身體線條的緊身衣。

「我都沒發現……」

雖然大家都在放鬆，但或許還是太大意了。

當然更可能是因為這個打扮華麗的女子，是個厲害的狠角色。

「布蘭塔克先生呢？」

以他的魔力探測能力，或許早就發現了，但為什麼他沒有開口警告我們……

「白天喝的酒真是太棒了。自甘墮落的下午真是太棒了！」

布蘭塔克先生已經完全進入休息模式，一杯接一杯地喝著沒有水果的水果調酒——幾乎是白蘭地的酒。

「咦？那導師呢？」

「親愛的，舅舅他……」
「唔喔喔！在下才不會輸！」
艾莉絲愧疚地指向某個地方，導師正在那裡和薇爾瑪比誰吃的水桶聖代多。
不過即使薇爾瑪邊吃邊和卡琪雅聊天，導師依然完全不是她的對手，讓他露出非常悔恨的表情。
「（真是一群沒用的大人——！）」
雖然我並非總是依賴布蘭塔克先生和導師，但還是忍不住覺得「身為魔法師，他們這樣沒問題嗎？」
「我留在這裡，就是為了彌補他們的不足，只是因為她看起來沒有要加害我們的意思，才沒有特別提醒大家。對不起。」
露易絲似乎很早就發現了那名女子的存在。
她因此向我道歉。
「不過，總比艾爾好吧？」
說著說著，露易絲指向位於角落的座位，艾爾正和遙在那裡享受兩人世界。
「請用，艾爾先生。嘴巴張開。」
「啊——真好吃，遙小姐，換我餵妳。來，嘴巴張開。」
「啊——這樣吃起來感覺特別美味呢。以前在瑞穗都不能這樣。」
「在這裡的時候，想餵幾次都行呢。」

「是啊。」

我們可是坐在露天座位，真虧他們都不會感到難為情。

尤其是遙一離開故鄉和家人，就意外地變得十分大膽，某方面來說，讓我感到非常佩服。

「咦？威爾不覺得嫉妒嗎？」

「誰會嫉妒啊。」

「欸──真不像威爾的作風。」

雖然不曉得露易絲到底把我想成多麼沒有度量的男人……但看來是我過去的言行造成這樣的惡果。

比起這個，現在必須先處理莉莎的事情。

「露易絲，要是妳早點提醒大家就好了……」

「我說啊，伊娜。那是因為她在叫我們之前，一直拚命在化妝……」

莉莎在叫卡琪雅前，一直忙著在離這裡有段距離的地方化妝，所以同樣身為女性的露易絲，才不忍心拆她的臺。

根據卡琪雅之前的描述，她應該到了會花許多時間化妝的年齡。

「妳這個矮子！別說那些多餘的話啦！話說你們這些人到底是怎麼回事？」

「就算妳這麼問……」

我們人數眾多，又包含了許多有個性的成員──尤其是導師的狀況更難說明。

而且，我們是為了休息才來這間店。
比起回答問題，我更驚訝這個叫莉莎的女性，居然突然就對露易絲口出惡言。
包含我在內，所有人都驚訝得說不出話。
只有一個人例外。
「大姊頭，妳已經到啦？」
從卡琪雅的話來看，女子應該就是「暴風雪莉莎」沒錯。
「有一件必須出遠門的工作延期，害我來不及參加卡琪雅的婚禮，但我昨天總算訂到魔導飛行船的位子。話說回來，看來妳真的結婚了。」
叫莉莎的女魔法師，稍微瞄了我一眼。
「這實在是一言難盡……」
「唉，算了。恭喜妳結婚啊。」
「大姊頭！」
雖然我們剛才還在猜莉莎會不會是因為嫉妒後輩結婚，才想來這裡找碴，但莉莎坦率地恭喜卡琪雅結婚。
放下心頭那塊大石後，卡琪雅應該在心裡鬆了口氣吧。
她的表情也變得不再緊張。
「話說回來，我有件事無論如何都想問卡琪雅，妳願意告訴我嗎？」

「那當然，大姊頭，妳儘管問吧。」

「我說啊，卡琪雅……」

「咦？老公，什麼事？」

最擔心的事情解決後，卡琪雅整個人都放鬆了下來，然後就不小心無條件答應莉莎的要求。

我連忙想要阻止她，但似乎已經來不及了。

莉莎接著向卡琪雅問道：

「那我就問囉。卡琪雅，妳的魔力比婚前增強了許多，到底是怎麼做到的？對了，妳可別想蒙混過去喔。之前最後一次見到妳時的魔力量，和現在的魔力量根本就不能比，要我不發現還比較困難。對吧？卡琪雅。」

「那當然。畢竟大姊頭是個優秀的魔法師……」

「妳知道就好。」

卡琪雅輕率地讓莉莎隨意發問，結果莉莎一下就切中我祕密的核心，讓人開始直冒冷汗。

卡琪雅原本在吃加點後剛送來的布丁，但現在她的手也跟著停了下來。

「妳該不會不想告訴我吧？我可是費了許多工夫，才幫妳特訓到能用魔法狩獵喔？我應該是妳的師傅吧。我有說錯嗎？」

「大姊頭，是我的魔法老師。」

「對吧？那麼，妳應該願意告訴我吧？」

「……是靠特訓。」
「特訓啊……」
「是前所未有的嶄新特訓！」
「前所未有啊……」
莉莎不斷重複提問，以像是找到獵物的猛禽類般的眼神凝視卡琪雅。
她應該已經發現卡琪雅的魔力並不是靠特訓增加，背後隱藏了其他祕密吧。
看來我們似乎被不得了的女性給盯上了。

因為繼續在露天座位講話也不太妥當，所以我們馬上將她帶回領主館。
「妳的妝是不是變得比我們上次見面時還濃了？」
「布蘭塔克，你也沒資格說別人吧！你的白頭髮又變多囉。」
在回領主館的路上，邊走路邊醒酒的布蘭塔克先生試著開口牽制莉莎，對她問了一個很沒禮貌的問題。
但對方也不服輸，直接諷刺布蘭塔克先生變老了。
「年齡的事情是彼此彼此吧，畢竟我都超過五十歲了。我記得妳差不多是……」
「我把你凍起來喔！」
在布蘭塔克先生準備說出暴風雪莉莎年齡的瞬間，周圍的溫度迅速下降，一旁的樹木和草皮表面也結了一層霜。

暴風雪這個外號果然並非浪得虛名。

畢竟她一瞬間就將冷空氣擴散到這麼廣的範圍。

「我說妳啊……我好歹比妳年長，以前也曾經稍微指導過妳魔法。對老人家尊敬一點啦。」

即使這個業界最重視的是實力，但莉莎居然用這麼粗魯的語氣和至少比她年長二十歲的布蘭塔克先生說話，某方面來說實在是個驚人的女性。

「冒險者才不需要什麼禮貌。比起這個，布蘭塔克，那是你的新弟子嗎？」

暴風雪莉莎的興趣，似乎已經轉移到預定向布蘭塔克先生學習魔法的泰蕾絲身上。

畢竟泰蕾絲的魔力，現在就已經算是相當強大了。

「唉，是這樣沒錯。」

「年紀這麼大的弟子，還真是罕見呢。」

魔法師的素質，通常在小時候就會被發現。

泰蕾絲已經超過二十歲，所以其實算是相當罕見的例子。

當然，也不是完全沒有這種人……

「是因為家庭因素。」

「妳……是『鮑麥斯特伯爵的戰利品』吧。前菲利浦公爵過去置身的環境，應該不可能沒機會學習魔法吧？這不是很奇怪嗎？」

話說這個暴風雪莉莎，講話真的很不客氣。

她居然若無其事地當著泰蕾絲的面，說出外界的謠言。

即使如此，既然莉莎有確實取得泰蕾絲的情報，表示她是個不能掉以輕心的超一流冒險者。

原本被莉莎當成目標的卡琪雅，一發現莉莎的興趣已經從自己轉移到泰蕾絲身上後，就露出鬆了口氣的表情。

能讓卡琪雅這樣的高手表現得如此謙卑，可見莉莎的實力非同小可。

「雖然妳可能覺得奇怪，但本宮必須以菲利浦公爵的身分接受英才教育，所以當然以貴族方面的教育為最優先，只能請妳這麼理解了。」

不愧是泰蕾絲，她巧妙地將祕密蒙混了過去。

「就像冒險者有冒險者的狀況一樣，貴族也有貴族的狀況。」

「那卡琪雅又是如何？她的魔力變得遠比上次見面時還要多，妳該不會也是類似的狀況吧？」

「唔！」

再次被當成目標的卡琪雅，臉色瞬間變得蒼白。

「誰知道呢。請妳去問卡琪雅本人吧。或許意外地是師傅教得不夠好喔？既然在接受過威德林的指導後，就產生了這樣的結果。如果之後再讓布蘭塔克指導，或許又會變得更厲害呢。」

泰蕾絲不僅巧妙地蒙混過去，還不忘對暴風雪莉莎還以顏色。

即使莉莎是有名的魔法師，第一次見面就用那種語氣說話，還是惹泰蕾絲生氣了吧。

不愧是曾經身為菲利浦公爵的人物。

「喂，泰蕾絲……」

「什麼事？卡琪雅。本宮只是客觀地陳述事實喔。」

即使如此，泰蕾絲剛才的發言，就等於是在說莉莎教得不好。

如果是布蘭塔克先生這麼說也就算了，被魔力才剛覺醒的泰蕾絲這麼說，暴風雪莉莎當然會很生氣。

「妳這小妞……還滿敢說的嘛……」

「本宮已經二十一歲了，從世間的眼光來看，已經快要是老女人了。不曉得妳幾歲啊？」

「妳這傢伙——！」

泰蕾絲應該是故意激怒莉莎吧。

莉莎一失控，周圍就再次開始變冷。

這背後到底是什麼原理？

雖然人只感覺得到氣溫下降，但中庭裡的草木和桌椅也開始逐漸凍結了。

「看來暴風雪莉莎這個外號，並不是浪得虛名呢。」

即使目睹這副景象，泰蕾絲依然面不改色。

她徹底看穿莉莎只是在威脅，沒有打算加害我們。

「小妞，要道歉就趁現在喔。」

「為什麼要道歉？本宮只是在陳述事實。」

面對暴風雪莉莎的魄力，泰蕾絲完全不為所動。

反倒像是在愉快地欣賞對方激動的樣子。

「妳明明是來探望弟子，幹嘛找本宮吵架呢？而且庭院的草木和桌椅也是鮑麥斯特伯爵家的資產。因為一時激動，就將這些東西凍起來，感覺不太好呢。妳還是稍微冷靜一下……好像也沒辦法再更冷了呢。」

「……」

看來暴風雪莉莎和她使用的魔法不同，是個容易激動的人。

能夠對貴族擺出如此傲慢的態度，或許也證明了她是個有名的冒險者。

不過即使情緒激動，依然能守住最後的底線，也是她身為高手的證據。

「如果不穩重一點，不管再過多久都嫁不出去喔。」

「喂！泰蕾絲！」

卡琪雅連忙阻止泰蕾絲，但還是太遲了。

雖然大家應該都猜想得到，但這無疑是最不能對莉莎說的禁句。

原本一臉激動的莉莎，突然變得面無表情。

「唔哇……大姊頭一旦露出這種表情……」

大概是以前有過相同的經驗。

卡琪雅一看見暴風雪莉莎的臉，就露出像是目睹了世界末日的表情。

「不過是覺醒了有點程度的魔力，就開始囂張起來啦。魔法的世界可不分什麼貴族或平民喔。明白了嗎？小妞。」

「不過是鍛鍊得比別人久了一點，就表現得這麼傲慢啊。『老女人』就是這樣才讓人困擾。」

面對莉莎的挑釁，泰蕾絲也以同樣的方式反擊。

「妳還真敢說，看我怎麼擊潰妳。」

「老手注定遲早會被新人打敗。妳就安心上路吧。」

「每隔一段時間，就會出現得意忘形的新人。雖然他們在被教訓過後，馬上就會變得安分。」

不知為何，暴風雪莉莎探望弟子的行程，已經變成與泰蕾絲的決鬥。

包含我在內，大家都不敢介入，只能默默看著兩人吵架。

「那個……既然你們已經有了結論，可以稍微幫我一下嗎……」

不幸的是，艾爾的腳邊也因為被莉莎的魔法波及而凍結，只能難堪地向我們求助。

＊　＊　＊

「泰蕾絲小姐，妳那樣再怎麼說都太魯莽了吧？」

「只要在剩下的時間，努力進步到不會被殺的程度就行了。」

是因為兩人原本就水火不容嗎？

莉莎和泰蕾絲你一言我一語地吵完後，決定要以魔法來決鬥。

不過泰蕾絲畢竟是新手，所以決定的日期是訂在一個月後。

這段期間，莉莎會停留在鮑麥斯特伯爵領地，她原本明明是來找卡琪雅，但直到莉莎離開為止，兩人根本沒說上多少話。

溫柔的艾莉絲，擔心不論泰蕾絲擁有多麼優異的才能，都不可能贏過那麼有名的魔法師，身為當事人的泰蕾絲卻表現得一臉從容。

「本宮的魔力還在成長當中。威德林，你要有效率地協助本宮成長喔。」

「原來妳的目的是這個啊……真是白擔心妳了。」

「本宮也必須成長到不會被殺的程度。為此，本宮這一個月得和威德林度過甜蜜的時光才行。」

「我們可沒好心到會讓妳一直獨占威爾喔。」

讓魔力成長，就等於是頻繁地和我做那種事情。

泰蕾絲漂亮的策略，似乎讓艾莉絲覺得自己被擺了一道。

不過，她還是提醒泰蕾絲不能一直獨占我。

至於我的意見……感覺這時候不管說什麼都不對，還是保持沉默好了。

艾莉絲在這種時候非常可怕。

「原來妳是為了這個？真狡猾。」

「露易絲啊。雖然本宮不是完全沒有這種意圖，但姑且還是順利轉移了那個老女人的疑心。你們應該要稍微感謝本宮。」

「疑心？」

「妳忘了嗎？那個老女人是個優秀的魔法師，所以似乎已經注意到卡琪雅的魔力增加了。」

「這麼說來，確實是這樣沒錯。」

為什麼卡琪雅在結婚後，魔力就增加了。

只要稍微想一下，自然就會將懷疑的矛頭指向我。

泰蕾絲是故意和莉莎吵架，好暫時移轉她的注意力。

「不過，這也只是暫時的。」

正確來講，只能拖延到一個月後的決鬥。

「反正之後絕對無法隱瞞到底，不如趁現在思考要怎麼處理那個老女人。威德林，你也要娶那個老女人嗎？」

「抱歉。我實在是辦不到。」

雖然那個打扮也有問題，但我更加無法理解為何莉莎總是表現得那麼好戰。

還有她到底幾歲啊？

因為對方是女性，所以實在不怎麼方便打探她的年齡。

「布蘭塔克先生，你和她的年齡應該比較相近吧？你覺得如何？」

「我也不需要那種難搞的女人。不如說，對方應該也不想嫁給我吧？」

「我不是這個意思，我只是想問她今年幾歲。」

就算是我，也明白兩人不可能在一起。

所以我只是想問她的年齡。

「我記得應該是將近三十歲。對吧，卡琪雅？」

「呃，大姊頭是春天出生，所以現在應該勉強還是二十幾歲。」

甚至被泰蕾絲當成老女人的莉莎，再過幾個月就滿三十歲了。

再加上那個與其說是強硬，不如說是好戰的言行，以及和年齡不符的誇張打扮。

感覺這樣下去，她實在不太可能在三十歲以前結婚。

「我是十五歲時接受大姊頭的指導，她當時大約二十五歲。」

在這個世界，二十五歲就已經是會被人囉唆的年齡，所以卡琪雅也極力避免談論到這方面的事。

「雖然她平常是個豪爽的好人……」

莉莎以前和卡琪雅一起吃飯時，曾被隔壁桌的男冒險者揶揄她單身的事，於是就將對方連同桌椅一起凍結了起來，這是卡琪雅親眼目睹的經驗。

「該說是與暴風雪這個外號相符嗎……」

「大姊頭也不是笨蛋，所以只有凍結表面而已。」

既然只凍結表面，表示她能夠任意移動空氣中的水分吧。

「即使如此，還是會造成別人的困擾！」

鎧甲和靴子底下都被凍起來的艾爾，不滿地抱怨道。

因為靴子接觸到的土和草也被一起凍結，害他現在動彈不得。

「是因為覺得對威爾動手會造成問題，所以才拿艾爾開刀嗎？」

伊娜表示即使莉莎看起來氣到昏頭，還是沒有完全失去冷靜。

「不如說她是認為即使想凍結威爾的腳，也會因為遭遇反抗而失敗吧。威爾有辦法以火系魔法防禦吧？」

「是啊。」

那個魔法對我、布蘭塔克先生和卡特琳娜應該都無效。

「真的只有表面凍結呢。」

「不好意思，遙小姐。」

艾爾因為腳被凍結而動彈不得，但遙巧妙地用短刀削掉冰塊，一下便救出艾爾。

遙簡直就是妻子的典範。

「她應該是因為看見你們兩個在那裡卿卿我我，才會把艾爾文先生當成目標吧？」

「「「「「有道理……」」」」」

卡特琳娜提出的意見非常有說服力，莉莎其實非常在意艾爾和遙之前在店裡互相餵水果聖代，開心地沉浸在兩人世界，所以才把艾爾凍結起來。

「不過，真的會有男性願意和那種人結婚嗎？」

露易絲的疑問，讓所有人都陷入沉默。

雖然打扮過於華麗，但還是個美女。

只是個性實在太好強。

而且一生氣就會把人凍結起來。

「不可能。至少我無法接受。」

「我也無法接受。這件事，我早在十五年前就確定了。」

對艾爾來說，莉莎可以說是和遙完全相反的類型，而如果莉莎對布蘭塔克先生有那個意思，她應該早就結婚了。

「那個老女人一個月後還會再來，在那之前得先幫本宮特訓才行。」

「我也會盡可能幫忙，但不可能每天都來，主要還是要拜託伯爵大人。」

「果然還是得這樣呢。」

「雖說是為了替威德林保守祕密，但本宮這次可是挑起了一場魯莽的決鬥呢。希望你能好好指導本宮。」

「交給我吧……」

「不愧是前菲利浦公爵。真擅長向人討恩情。」

真的就像卡特琳娜說的那樣。

於是，泰蕾絲的特訓開始了。

＊　＊　＊

「……唔嗯……已經早上啦？」

我醒來時，發現天色還有點暗，但已經到了該起床的時間。

如果睡回籠覺一定會睡過頭，所以我勉強自己起身，但馬上就發現右手麻到舉不起來。

「威德林，天已經亮啦？」

我想起泰蕾絲再過一個月就要與莉莎決鬥，接下來每天都要進行訓練，所以昨天是住在我家和我一起睡。

儘管我們前不久才發展成那種關係，但為了讓她的魔力能在這一個月內增強，之後她將更常和我一起睡。

之所以沒有每天都這麼做，是為了避免惹艾莉絲她們生氣，但總之這個月算是泰蕾絲的魔力強化活動。

「妳醒得還真早。」

「這是從菲利浦公爵時代養成的習慣。其實大貴族必須按照家臣決定的行程生活，意外地是相當悲慘的存在呢。雖然以本宮現在的身分，大可悠哉地睡回籠覺，但實在很難擺脫以前的習慣。」

「原來如此。」

我每天早上也都在相同的時間起床，但並不是因為有什麼行程，而是為了訓練。這是我從上班族時代養成的習慣，所以我和泰蕾絲一樣，能在相同的時間起床。

「那麼，開始特訓吧。」

「請你手下留情喔，威德林老師。」

我們為了進行早上的特訓前往中庭，然後發現卡琪雅已經在那裡用雙刀訓練。

「我明明也剛新婚……感覺好像被泰蕾絲搶先了。」

卡琪雅表示她覺得自己和我一起睡的權利似乎被泰蕾絲搶走，讓她不太能接受。

「雖然本宮能理解妳的心情，但以本宮現在的實力，一定會被莉莎秒殺，所以需要能讓本宮在決鬥中活下來的魔力與魔法。真要說起來，本宮之所以挑釁莉莎，還不都是為了幫忙隱瞞威德林的祕密。」

「妳這樣講，我就無話可說了……」

泰蕾絲和卡琪雅其實只差一歲，但還是曾當過菲利浦公爵的泰蕾絲技高一籌。

「不過，妳果然也不認為自己能贏呢。」

「那當然。對方可是高手中的高手，練習魔法的時間甚至超過本宮的年齡。本宮的才能還是未知數，根本不可能只訓練一個月就贏過她。」

「既然妳自己明白這點，那我就沒什麼好說的了。」

即使泰蕾絲害卡琪雅和我一起睡的次數變少，卡琪雅還是在替泰蕾絲擔心。

「卡琪雅，妳是個好女孩呢。」

「沒錯。卡琪雅是個好孩子。」

「泰蕾絲！老公！我又不是小孩子！」

卡琪雅因為被當成小孩看待而生氣，但從她的臉變紅來看，她或許是覺得有點難為情。

「唉，反正我的魔力量也差不多成長到極限了。託老公的福，我的魔力提升了不少。」

卡琪雅的魔力量已經從不到中級，成長到和一般的中級差不多，難怪莉莎會覺得不對勁。

「泰蕾絲這樣算很厲害了吧？她現在的魔力就已經比我多，而且還沒成長到極限。明明我們都是貴族，是家世的差別嗎？」

雖然同樣擁有魔力，但卡琪雅頂多只到中級，而泰蕾絲已經擁有接近上級的魔力，目前仍在成長當中。

卡琪雅懷疑這是因為家世的差異，露出有些遺憾的表情。

「這和家世無關。雖然繼承了王族或貴族之血的人，比較容易出現魔法的才能，但感覺魔力量與家世並無關連。卡特琳娜的老家，原本也和卡琪雅一樣是騎士爵家吧？」

「說得也是。」

卡特琳娜現在是準男爵，但她的老家威格爾家，原本和奧伊倫貝爾格家一樣是騎士爵家。

所以家世和魔力量應該沒什麼關係。

「那麼，開始特訓吧。」

「拜託你了，老師。」

「拜託啦，老師。」

話雖如此，泰蕾絲真的必須從基礎開始學起，所以她的訓練內容和已經跟莉莎學過魔法的卡琪雅不同。

「結果老公什麼都沒教我……」

「因為莉莎已經確實地幫卡琪雅打好基礎了。」

儘管第一印象非常差，但莉莎是個優秀的魔法師。

卡琪雅曾經接受過莉莎的精心指導，所以我幾乎沒有東西能夠教她，頂多只能指導她如何透過坐禪鍛鍊自己的魔力。

「比起這個，因為卡琪雅的雙刀也是以斬擊為主，所以我可以教妳基本的刀技……只要像這樣用力，就能輕易砍斷翼龍的脖子。」

「是嗎？不是只要用力砍就行了嗎？」

「普通人其實辦不到這種事……大概是妳用魔法大幅提升了斬擊的速度吧。妳的魔力也增加了，再來只要好好學習基礎，應該能讓斬擊的威力獲得進一步的提升。」

「好像很厲害。請妳務必教我。」

雖然我無法指導卡琪雅魔法，但遙能代替我教她基礎刀法，讓卡琪雅非常開心。

即使不能讓我指導，卡琪雅似乎也沒什麼不滿，這樣就沒問題了吧。

早上的特訓結束後，大家也沒空一直討論莉莎的事情。

每個人都有各自的工作要做，泰蕾絲則是持續訓練，讓自己在傍晚前幾乎用盡所有的魔力。

然後，到了晚上……

「因為威德林每天都在陪本宮，所以本宮的魔力也持續提升，不過一直獨占你，對艾莉絲她們也不好意思。威德林，你要好好加油喔。」

「我明明只有一個人。」

「明明大部分的男性應該都很羨慕你。這世界還真是不能順心如意呢。」

「泰蕾絲有立場講這種話嗎？」

我之所以會變得這麼累，泰蕾絲也要負一部分的責任，但她的魔力確實逐漸增加。

泰蕾絲魔法也學得很快，令人羨慕她的才能。

「不僅魔法學得快，魔力量也非比尋常。沒想到在我認識的人當中，居然有這種天才。」

幾天後，布蘭塔克先生來家裡教泰蕾絲魔法，然後被她的才能與成長嚇了一跳。

「話雖如此，還是贏不了莉莎小姐呢。」

卡特琳娜判斷就算泰蕾絲很有才能，時間還是不夠。

泰蕾絲目前的魔力量，算是中級偏上。

她的魔法威力還不夠強，必須使用法杖，所以我就把自己備用的法杖送給她。

「這是用來代替訂婚戒指嗎？畢竟我們的關係無法公開，所以還是送這樣的禮物比較好。」

泰蕾絲似乎很喜歡我送的法杖。

不知道是不是為了與莉莎對抗？

泰蕾絲主要是練習火系統的魔法。

「泰蕾絲大人，為什麼要挑火系統的魔法？以妳現在修練的程度，應該還無法確定自己擅長的系統……」

教泰蕾絲魔法的布蘭塔克先生，問她為何要選擇火魔法。

「之所以選擇火魔法，是為了表現出刻意針對暴風雪莉莎的態度。只要對方在決鬥時發現這點，就有機會讓她氣到失去冷靜。」

「妳還真是不服輸……」

如果挑釁過頭，莉莎也可能使出更強的魔法。

然而泰蕾絲卻表現得非常好強，讓卡特琳娜又是傻眼又是佩服。

「卡特琳娜，本宮就是這種個性，所以才有辦法勝任菲利浦公爵這個位子。」

「考慮到莉莎小姐的性格，或許真的只有泰蕾絲小姐能與她分庭抗禮……反正就算要學可能對莉莎小姐有效的高威力魔法，最多也只能學會一個……」

如果只是要學會魔法，那泰蕾絲已經學會相當多招式。

不過如果是對莉莎有效的魔法，只練習一個月實在太短了。

比起多學幾種魔法，專心學一種能夠對抗莉莎的冰結系魔法的魔法，確實是不錯的作戰。

「而且反正輸的人一定是本宮。」

「的確，要贏應該很困難。」

無論泰蕾絲再怎麼有才能，只練習一個月，還是不可能贏過已經練習魔法二十幾年的莉莎。

而且莉莎也算是天才型的魔法師。

泰蕾絲比誰都清楚這點。

「所以威德林要看準時機介入喔。本宮可不想還這麼年輕，就被永遠凍成冰塊。」

看來泰蕾絲真的是為了幫忙隱瞞我的能力，才會向莉莎挑釁。

她原本就沒打算贏得這場決鬥。

「雖然爭取到了時間，但到底該怎麼籠絡那個女人，這才是真正的難題。而且威德林之前很努力呢。一下就讓弒龍者這個冒險者隊伍的戰力減少了一半。」

泰蕾絲笑著如此說道，但如果只顧著陪她，就太對不起艾莉絲她們了，所以當然也必須顧慮到這點……

「沒想到害喜這麼難受……」

「我也不行了。投降。」

「看來我們暫時得休息了。」

「我也是只要一教泰蕾絲小姐魔法，就會想吐……」

艾莉絲、伊娜、露易絲和卡特琳娜四人都順利懷孕了。

明明是件喜事，但我還是沒什麼現實感。

是因為我是男性嗎？

目前從外表還看不太出來，等她們的肚子變大後，或許我就會產生自己將要當爸爸的現實感。

「我還很年輕，所以不急著現在生。」

「我畢竟才剛新婚，而且還得特訓。」

「特訓才是真的不用急吧。比起這個，既然艾莉絲她們因為害喜而暫時無法行動，冒險者方面的工作就得先暫停一段時間了。」

薇爾瑪和卡琪雅沒有懷孕，再加上艾爾、遙和我，只能勉強湊到五人。

如果我不是貴族，五個人就算綽綽有餘了，但這樣羅德里希應該不會讓我去魔之森探索吧。

「我無法構成戰力，而且還必須幫忙照顧艾莉絲小姐她們。畢竟我是已經生過兩個孩子的人了。」

呃，就算是我，也不會叫亞美莉大嫂去當冒險者啊。

她有生小孩的經驗，我希望她能留在艾莉絲等人身邊照顧她們。

「再怎麼說，也不會把亞美莉當成戰力吧。比起這個，妳不打算也生一個嗎？」

「考慮到我的狀況，這樣各方面都很不妙吧。」

亞美莉大嫂向泰蕾絲表示自己的立場非常微妙。

「畢竟是貴重的母體，能生就要盡量生啊。只要排在艾莉絲她們之後就行了。」

「這樣不會變成高齡產婦嗎？」

「亞美莉，如果妳在那個老女人面前說這種話，可是會被殺掉喔。」

這麼說來，亞美莉大嫂好像……沒有比莉莎年輕！

兩人目前應該是同年，但從我認識亞美莉大嫂以來，她一直都是娃娃臉，看起來比實際年齡年輕，所以我都忘了這件事。再加上莉莎又是那種打扮……

「那個老女人就快滿三十歲了。本宮以前也曾被嘴賤的貴族揶揄即將變成老女人，但只要有像她那樣的人在，就會覺得輕鬆不少。」

「泰蕾絲講話也好毒！」

卡琪雅也即將滿二十歲，而且她還是莉莎的弟子。

所以她針對泰蕾絲的發言提出抗議。

「本宮也知道這樣很過分，但考慮到那個女人的實力，在訓練途中抱怨一下也沒什麼關係吧。不然要是本宮輸了，卡琪雅，妳會代替本宮挑戰莉莎嗎？幸好妳的魔力也提升了。」

「我才不要！我不會使用遠距離魔法，在靠近大姊頭前就會被打倒。」

卡琪雅全力拒絕和莉莎決鬥。

「難道就沒什麼辦法可想嗎？」

「哎呀，大姊頭和我實在太不對盤，根本就無計可施。」

「不對盤？」

「妳想想，如果是火或風魔法，那我還有辦法閃躲。不過大姊頭能用暴風雪將自己周圍的空間全部變冷。我無法使用『魔法障壁』，所以連靠近都很困難。」

「的確是這樣呢。」

聽完卡琪雅的說明後，布蘭塔克先生也深表認同。

「這麼一來，就只能靠泰蕾絲大人對她還以顏色，或是請伯爵大人去打倒她了。」

「最好是不要輪到威德林出場。所以啊……」

泰蕾絲……所以什麼？

「在和莉莎決鬥前，你要努力讓本宮變強喔。」

泰蕾絲說的「努力讓她變強」，主要應該是指晚上的部分吧……

「講是這樣講，伊娜你們這些懷孕的人，現在也不能陪威德林吧。」

「真狡猾……」

「妳真的對這種事情很敏銳。」

泰蕾絲的實力，大概就像這樣逐漸增強，但某天晚上，我一前往寢室，就發現卡琪雅難得換上蕾絲睡衣在裡面等我，這情況與其說是令人意外，不如說是奇怪。

畢竟卡琪雅平常不會穿這種衣服。

「仔細想想，老公根本就沒必要每天都陪泰蕾絲一起睡吧。大概只要三天同床一次，就足以讓魔力變強了！我也剛新婚，爸爸和哥哥也說早點生孩子會比較好。」

「真遺憾，看來沒辦法再哄騙下去了。」

此時，晚一步進來寢室的泰蕾絲，對卡琪雅做出爆炸性的發言。

「泰蕾絲！妳居然騙我！」

「卡琪雅，別生氣啦。本宮確實需要提升魔力，而且艾莉絲她們有孕在身，在孩子出生前，晚上都不能陪威德林。所以我們不需要互相競爭。」

「說得也是……但今天要以我為優先。我也想要早點有小孩。」

「真巧。本宮也覺得至少要生一個呢。」

兩人沒有爭吵就達成共識……相對地，我又要變得更辛苦了。

「本宮會連艾莉絲她們的份也一起努力。」

「放心吧，老公。」

「（唉……希望泰蕾絲和莉莎的決鬥早點結束……咦？就算結束，感覺狀況也不會有什麼改變？）」

我發現這與暴風雪莉莎無關，有許多妻子的大貴族，原本就得面對各種辛苦。

第五話　黑名單

「在與前菲利浦公爵決鬥前，我都沒什麼事情做呢。那麼，接下來該幹什麼好呢？」

我的後輩兼弟子卡琪雅，和鮑麥斯特伯爵結婚了。

雖然心裡五味雜陳，但這部分可以先不理會。

畢竟目前最大的問題是魔力早就成長到極限的卡琪雅，不知為何魔力又變強了。

這表示和卡琪雅結婚的鮑麥斯特伯爵，隱藏了什麼祕密。

只要破解這個祕密，或許我的魔力也能提升。

話雖如此，目前的成果，就只有和鮑麥斯特伯爵庇護的前菲利浦公爵約定決鬥。

對方似乎以為已經巧妙地蒙混過去，但就算我是個有名的魔法師，也無法輕易見到鮑麥斯特伯爵，更不可能進入他家。

對方應該也很警戒我。

還是乖乖等到決鬥那天……不對，現在應該盡可能收集情報。

任何情報，都有可能成為找出卡琪雅魔力增加原因的線索。

既然如此，關鍵還是要設法接近鮑麥斯特伯爵。

「要怎麼做，才能接近鮑麥斯特伯爵呢……」

雖然不覺得這樣就能找到提示……但反正現在也無事可做，所以我再次前往位於鮑爾柏格的冒險者公會。

之前……其實就是昨天，我才剛為了報告自己的行蹤來過這裡。

優秀的魔法師經常收到指名委託。

雖然接或不接都是個人自由，但還是得盡可能報告自己的行蹤，這是常識，也是禮貌。

「嗨。」

「這不是莉莎小姐嗎？妳好。」

公會櫃檯的年輕男職員，一看見我就露出緊張的表情。

我有這麼恐怖嗎？

「有沒有不用跑很遠的工作？」

距離決鬥，還有約三個星期的時間。

如果接受指名委託前往其他領地，或許會因為遭遇意外狀況而趕不上決鬥。

還是在鮑爾柏格附近，接一些適合交給能幹魔法師處理的委託吧。

「是一次性的工作，並且適合莉莎小姐的委託嗎？」

「沒錯。」

「有喔。」

男職員馬上就找到符合條件的工作，讓我嚇了一跳。

畢竟鮑麥斯特伯爵家應該正在提防我。

我本來以為就算人手不足，鮑麥斯特伯爵家也不會讓我接委託。

「交給我處理沒問題嗎？」

「呃，近期有一位貴人打算拜訪鮑麥斯特伯爵家，是那位貴人的家臣想再補充護衛。」

原來如此，是要保護重要人物啊。

雖然應該是當大貴族的護衛，但從年輕職員的語氣來看，只是為了以防萬一才增添人手，並非護衛對象真的有什麼危險。

「儘管只是為了以防萬一，但也不能隨便找人。莉莎小姐是有名的魔法師，所以可以放心將這份工作交給妳。」

這個年輕職員似乎還是有點怕我，但他相信我是個會好好完成工作的人。

即使是優秀的冒險者或魔法師，還是有許多人不適合這種工作。

「我知道了，那我就接下這份工作吧。」

既然那個護衛對象會與鮑麥斯特伯爵見面，那對我來說也是個接近他的好機會。

畢竟卡琪雅的魔力增加的原因，很可能和他有關。

「還必須確認詳細的條件，所以請進。」

「我知道了。」

每當這種時候，我都慶幸自己以前有好好完成工作。

畢竟即使對方是大貴族，我還是因此獲得了接近他的機會。

＊　＊　＊

「主公大人，請過目這份名單。」

「謝謝你，羅德里希。」

雖然我看起來好像平常只有在狩獵、採集和做土木工程，但其實我偶爾也會做貴族的工作。

我必須確認羅德里希交給我的文件。

儘管羅德里希已經事先整理出重點，我還是必須仔細確認內容。

我信任羅德里希，但這也是身為當家該有的界線。

「不可錄取的人才名單啊……」

「即使人手不足，僱用這些人也只會讓事情變得更麻煩。」

鮑麥斯特伯爵家基本上非常缺人手，所以除非有什麼特別嚴重的問題，否則通常都不會拒絕求職者。

不過還是要有一定程度的能力，才能夠在這裡出人頭地。
然而，基於各種原因，我們也有不會錄取的人。
通常都是在之前侍奉的貴族家惹出大麻煩，被記載在危險人物清單上的傢伙。
例如私吞公款，喝醉後對同僚施加暴力，或是對別人的妻子出手等等。
這麼說來，我以前還在當上班族時，有個大人物曾經對我說過。
無論是誰，都有可能因為錢、酒或女人（男人）而失敗。
雖然有些應徵者明顯沒什麼能力，但我們這裡也有簡單的工作，所以只要他們的個性夠認真，還是有機會被錄取。
為了避免在不知情的情況下僱用這些問題人物，在貴族之間似乎流傳著一份黑名單。
布雷希洛德藩侯、艾德格軍務卿和盧克納財務卿，都有借這種名單給羅德里希。
他表示「這是因為大家都想賣我們人情」。
不過像這種名單，似乎最好多跟幾個大貴族借。
因為這類情報會持續更新，每個貴族家或派閥掌握的情報都不太一樣。
「那個叫莉莎的魔法師，有被記載在名單裡嗎？」
「沒有，但鄙人也明白目前的狀況，所以她應該沒有機會接近主公大人。」
雖然莉莎平常是那副打扮，而且大家也都知道她對那些瞧不起自己或想對自己不利的男性同行十分火爆，但她在工作方面非常認真。

因此貴族們對她的評價也不錯。

對他們來說，莉莎只是個打扮和語氣有點誇張的自由魔法師，而且她只要收了錢就會好好辦事，是個能夠信任的對象。

雖然如果是自己的女兒，或許就會採取別種應對方式也不一定。

「她會不會入侵領主館啊。」

「應該不可能吧。雖然鄙人姑且有派人監視她，但在與泰蕾絲大人決鬥前，她應該會安分地待在領地內。只是她可能還是會接一些工作。畢竟大家都知道她是個優秀的魔法師。」

莉莎極度無法接受女魔法師或女冒險者被男性瞧不起。

或許是為了證明自己的能力不會輸給男性，莉莎總是會確實完成工作。只是她平常的打扮太誇張，經常被人誤解。

「該不會其實她的本性非常正經吧？」

「有可能。要不是因為卡琪雅大人的事，鄙人也想委託她工作……唉，所以鄙人考慮把這些工作分配給主公大人和卡特琳娜大人。」

「喂……」

因為被那個叫莉莎的魔法師盯上，害我也跟著倒楣。

「不過，今天總不能叫主公大人工作……」

「那當然。因為鮑麥斯特伯爵今天和我有約啊。雖然做為土產有點無趣，但王國政府也有一份詳細的黑名單，所以我順便帶過來了。」

「這不是王太子殿下嗎？沒有派人去迎接您，實在是太失禮數了。」

「沒關係。畢竟我今天是微服出巡。」

一名男子突然走進辦公室，加入我們的對話。

他就是赫爾穆特王國的王太子殿下。

與其說因為是微服出巡，所以沒有派人去迎接他，不如說他的存在感低到沒人發現他來……當然不可能是這樣。

就算是微服出巡，王太子殿下移動時，還是會帶護衛。

「保險起見，我也帶了黑名單過來給你們參考。」

「非常感謝。」

「鮑麥斯特伯爵領地的開發，攸關王國南部的發展，所以不用在意。」

王太子殿下爽朗又不失優雅地說道。

他年輕、英俊又能幹，每個人和他接觸過後，對他的印象都很好。

然而不知為何，這個人就是不怎麼顯眼。

有種存在感都被陛下搶走的感覺。

我忍不住懷疑他是不是中了什麼詛咒。

「殿下平常應該很忙吧？」

「還好啦。而且我為了今天，提早把工作都完成了。」

王太子以前就積極地想來我的領地，雖然還有莉莎的問題要處理，但也不能不理他，所以才安排了今天的行程。

王太子對今天的行程期待到不惜提早趕工，如果只因為和粗暴的女魔法師起了糾紛就中止行程，未免也太可憐了。

這樣可能會構成對皇室不敬罪，而且莉莎應該也不會挑王太子殿下在的時候接近我們。

「你今天是要帶我去打獵吧。」

「是的，我們要去平常很少有人進入，鮑麥斯特伯爵家專用的狩獵地區。」

「感覺獵物會很多，真令人期待。」

「話說回來，您今天有帶護衛吧？」

「當然，他們都在外面等。」

再怎麼說，一國的王太子殿下都不可能獨自行動。

如果我去王宮接他，陪他來的人或許會比較少，但他來這裡之前，還要去其他貴族領地和王國直轄地視察，所以帶了不少隨從。他的護衛們目前都在隨從用的休息室待命，羅德里希似乎已經幫他們將行李送到位於鮑爾柏格的旅館了。

「關於殿下的護衛，都已經準備萬全了。」

姑且不論狩獵場，至少領主館內都算是鮑麥斯特伯爵家的地盤，所以羅德里希會負責確保王太子殿下的安全。

「鄙人從鮑麥斯特伯爵家的家臣團裡，挑了幾個特別能夠信任的人擔任護衛。幸好在鮑爾柏格附近，就能獵到許多獵物，所以準備起來不用花費太多的時間。」

光從這點，就能看出我的領地內還有不少未經開發的自然環境。

「關於這件事，我的隨從似乎有點太愛操心，所以臨時幫我多找了幾名護衛。當然，聽說找來的都是值得信任的人。」

「考慮到殿下貴體的重要性，這也是無可奈何的事情。」

此時，艾莉絲端了茶過來，向殿下打招呼。

因為不能讓蕾亞幫殿下泡茶，所以才由我的正妻艾莉絲負責。

我們在這裡喝茶，等狩獵場那邊的人準備好。

「夫人們也要參加嗎？」

「是的，殿下。」

艾莉絲替殿下倒茶，同時回答自己也會一起同行，以便在發生意外時能幫忙治療。

伊娜她們則是也會參加狩獵。

因為來訪者是王太子殿下，如果我的妻子們沒有一起同行，會顯得十分不敬。

通常都要全家人一起出來招待客人。

「聽說鮑麥斯特伯爵的夫人們個個技藝高超。很少有貴族夫人會一起參加狩獵，所以我非常期待呢。」

唉，正常來講是這樣沒錯。

雖然貴族的妻子通常會參加晚宴和舞會，但很少參加狩獵。

下級貴族的狀況可能會比較不同，但王族不會去拜訪他們。

因為還要花一點時間準備，我決定先確認不可採用的人才名單。

文件上記載了許多要特別注意的人名，但我不太清楚那些人是誰。

「僱用人還真是困難呢。」

「是啊，殿下。」

既然有像羅德里希那樣支撐鮑麥斯特伯爵家的人才，當然也有反過來害侍奉的貴族家走向滅亡的人。

無論是什麼樣的組織，最重要的要素都是人。

「嗯，這些人果然不能用啊……」

殿下在這份黑名單裡看見幾個認識的名字後，點點頭表示贊同。

「殿下認識這些人嗎？」

「他們基本上都是能幹的人，但沒有貴族家會僱用他們。」

「為什麼？」

「因為他們缺乏協調性，容易和周圍的人起衝突。」

看來在這個世界，也不是只要優秀就好。

「如果只是短期僱用，應該就能稍微湊合著用吧？」

「沒錯。但若正式授予官職，會對其他家臣造成負面影響，我覺得羅德里希的判斷並沒有錯。」

羅德里希和殿下的意見一致。

果然不管再怎麼能幹，都不能缺乏協調性。

「這是公信力極高的黑名單，既然連在我們這裡都找不到工作，看來那些人真的非常誇張。」

「沒錯。」

我在文件上簽名交給羅德里希後，正好有人來通知狩獵場準備好了。

我們前往領主館附設的馬廄，一起騎馬前往狩獵場。

「鮑麥斯特伯爵，你似乎很習慣騎馬呢。」

「還好啦……畢竟平常都是直接用魔法移動。」

多虧了之前的內亂，我才學會怎麼騎馬。

不過我的騎馬技術也只有普通水準。

反倒是殿下很會騎馬。

大概是一出生後，就為了當國王而接受英才教育吧。

艾莉絲她們的運動神經都很好，所以騎馬技術也不錯。

卡特琳娜的運動神經不怎麼好，但她認為騎馬算是貴族必備的修養，所以平常就有在練習。

「鮑麥斯特伯爵大人，不如晚點讓本宮來指導你吧？」
「差點忘了這裡還有個接受過英才教育的人。」
泰蕾絲這次也和我們一起同行。
雖然泰蕾絲一開始婉拒，但殿下熱情地邀請她。
殿下似乎認為人多一點比較好。
話說回來，殿下真的是個很有度量的人。因為他即使和立場微妙的泰蕾絲說話時，都表現得一如往常。
雖然他不知為何沒什麼存在感。
「在狩獵方面，我應該是比妳厲害。」
「的確。本宮也只有在和貴族交際時有狩獵過。應該是贏不了平常會以冒險者身分活動的威德林……不對，鮑麥斯特伯爵大人。」
泰蕾絲在殿下面前不會直稱我的名字，而是叫我鮑麥斯特伯爵大人。
「前菲利浦公爵，妳可以照平常那樣稱呼他沒關係。」
「這裡除了殿下以外，還有其他人在……所以還是用正常一點的叫法吧。」
「旁邊這些人都是我的親信，而且我和威德林也是朋友。在場的人就算知道前菲利浦公爵和威德林的關係，也不會洩漏出去，考慮到我和威德林之間的交情，妳根本就不需要擔心。」
「原來如此……」

泰蕾絲贊同似的點頭。

雖然殿下不知不覺間開始用名字稱呼我，但沒有人指出這點。

大家都知道如果糾正殿下，一定會惹他不高興。

對殿下來說，最重要的似乎是我和他的友誼。

「卡琪雅也很會騎馬呢。」

「我沒辦法用魔法飛，平常只能靠馬移動，所以有好好學習。」

卡琪雅的運動神經也很好，比我還要會騎馬。

「對了，殿下，我可以問一個問題嗎？」

「卡琪雅大人，妳有什麼問題？」

卡琪雅有事情想問殿下？

「聽說您為了這場狩獵，臨時僱用了新護衛，請問是透過鮑爾柏格冒險者公會分部的介紹嗎？」

「聽說是這樣。因為公會能幫忙介紹實力高超又能夠信任的冒險者。」

站在冒險者公會的立場，如果隨便介紹會害自己失去信用，所以都會好好挑選人選。

「是透過公會啊……」

因為對象是殿下，所以卡琪雅難得講話變得非常有禮貌，然而她的聲音開始逐漸變小。

是想不到其他有禮貌的說法嗎？

還是在擔心其他事情？

「卡琪雅，妳怎麼了？」
「那個……老公……」
「歡迎各位。雖然臨時被殿下僱用來當護衛，但我已經完成這附近的偵察了。當然，我可不會犯下讓獵物嚇得逃跑的失誤。」
「大姊頭！」
「咦？」
就在我們即將抵達狩獵場時，某人向我們搭話，那是個熟悉的人物……尤其是對卡琪雅來說。
原來如此，難怪卡琪雅要問殿下，是不是透過冒險者公會僱用新的護衛。
「妳就是新的護衛啊。聽說妳是位有名的魔法師，但我也只知道這些。」
「我叫『暴風雪莉莎』。」
「我有聽說過這個名字。今天就麻煩妳了。」
「請放心交給我吧。」
雖然一般人看見莉莎的打扮應該會嚇一跳，但像王太子殿下這種出身高貴的人，頂多只會覺得「這個人的打扮有點稀奇」。
而且別看莉莎這樣，她可是個常被貴族指名的有名魔法師兼冒險者，所以當然懂得在王太子殿下面前隱藏本性。
既然連卡琪雅都辦得到，那身為前輩的莉莎自然也行。

「大姊頭？」

「好久不見了，卡琪雅大人。今天還真是湊巧呢。」

「「「「「「「……」」」」」」」

莉莎打招呼的樣子實在太假，就連泰蕾絲都傻眼到說不出話。

沒想到她不惜使出這種手段，也要接近我們。

「卡琪雅大人，你們認識嗎？」

「那個……她是我在魔法和冒險者方面的師傅……」

「原來如此。是在王都的大街上，向我們與眾多貴族下挑戰書的卡琪雅大人的師傅啊。看來能夠放心地拜託她幫忙護衛呢。順便問一下，莉莎小姐會用弓箭嗎？」

「很遺憾，我不擅長使用弓箭，相對地，我會使用有趣的魔法。」

「那真是令人期待。莉莎小姐也一起來狩獵吧。」

「殿下，這是我的光榮。」

「什麼！」

「威德林，怎麼了嗎？」

「不，沒什麼。」

這個叫莉莎的魔法師，真的不是白活那麼久。

沒想到她甚至領先泰蕾絲一步，獲得了能合法待在我們身邊的名分。

這樣卡琪雅根本不是她的對手。

「卡琪雅大人，今天能和師傅一起狩獵，真是太好了呢。」

「哈哈哈……真是太感謝殿下的好意了。」

殿下當然不可能知道莉莎真正的目的。他平常也和艾莉絲一樣，認為人性本善。

儘管只是偶然，但他應該覺得自己對卡琪雅做了一件好事吧。

身為王國貴族，我實在無法反對殿下。

「（那個老女人……居然這麼漂亮地反擊了我們……必須正常狩獵，小心不要露出馬腳……）」

「（是啊……）」

「威德林，怎麼了嗎？」

「沒事，只是泰蕾絲之前有來這裡狩獵過，所以我向她打聽一下當時的狀況。」

「殿下，我們在聊這裡獵物很多，是個很棒的狩獵場。」

「那真是令人期待。」

什麼都不知道的殿下看起來非常開心，但我一看向莉莎，就發現她露出得意的笑容。

「（老公……）」

「（只要別說多餘的話就行了。專心狩獵吧。）」

如果只是正常狩獵，應該不會暴露我的祕密。

即使不用特別提醒，艾莉絲她們應該也明白這點，但莉莎死纏爛打的程度，還是讓我感到非常棘手。

＊＊＊

「雖然只是以防萬一，但這樣王太子殿下的隨從們也能放心吧。」

抵達狩獵場後，羅德里希事先派來的家臣已經完成最終安全檢查，然後分散到事先指定的場所。

我們終於要開始狩獵，羅德里希事先從家臣中挑選出來的人手，將獵物趕來我們這裡。

因為是大貴族與王族在狩獵，所以我們不需要自己騎馬找獵物。

就這方面而言，與冒險者的狩獵不太一樣。

「殿下，是鹿，請射第一箭吧。」

「好久沒射箭了。希望能射中。」

講是這樣講，王太子殿下的箭術非常高超。

他一下就瞄準好，並漂亮地射中鹿的脖子，一箭斃命。

「不愧是殿下。」

「幸好射中了。畢竟平常很少有人邀我一起狩獵呢。」

「這樣啊……」

到底是太忙沒什麼時間狩獵，還是沒有人邀他呢。
我們用眼神打暗號，講好絕對不能問這個問題。
「艾爾！換你上囉！」
「交給我吧！」
接下來輪到艾爾，但獵物是野豬，沒辦法一擊斃命。
我立刻射出第二箭，豬中箭後立刻倒地。
「威德林也滿厲害的嘛。」
「因為我從小就開始打獵。以前如果沒獵到東西，就吃不到肉呢。」
「原來如此。」
之後我們繼續狩獵，其他人也接連瞄準獵物。
「我平常很少用弓箭，所以都射不太中呢。」
「我也是。」
伊娜和露易絲平常很少練習弓箭，所以成績不怎麼好。
「卡特琳娜比想像中還要會射箭呢。」
「薇爾瑪小姐，把狩獵當興趣，是貴族必備的修養。」
卡特琳娜似乎有偷偷練習射箭。
即使射歪了好幾次，最後還是成功射中一隻兔子。

「還是贏不過薇爾瑪小姐呢。」

「因為狩獵就是我的人生。」

「這句話聽起來好有哲理……」

在我們當中最會狩獵的人，無疑就是薇爾瑪。

她一次架兩支箭，然後同時射中兩隻兔子。

「好厲害！射得漂亮！」

就算是殿下，也辦不到這種事，所以他發自內心讚賞薇爾瑪的表現。

「不愧是艾德格軍務卿的養女。」

「技術真好。」

泰蕾絲在稱讚薇爾瑪的同時，也若無其事地射中一隻兔子展現自己的實力。

不愧是受過英才教育的人，不管什麼事都難不倒她。

「這個狩獵場的獵物真多。」

「因為離鮑爾柏格很近，所以才趕緊劃為鮑麥斯特伯爵家專用的狩獵場。」

「是威德林指示的嗎？」

「是羅德里希。」

「我就知道。畢竟你只要自己飛到天上，再狩獵『探測』到的獵物就行了。怎麼可能會挑選狩獵場。」

「沒這回事。只是剛好鮑麥斯特伯爵領地有許多尚未開發的自然地區。」

其實未開發地多的是獵物豐富的地方，就算不去鮑麥斯特伯爵家專用的狩獵場，也有許多能狩獵的地方。

今天挑選這裡，只是方便保護客人而已。

在這種地方只要一個不小心，就可能被狼群和熊攻擊，所以必須讓家臣們一起同行。

「話雖如此，卡琪雅真不會狩獵呢。」

「我專門打近身戰，不擅長用弓箭啦。」

只有卡琪雅一隻獵物都沒抓到。

她射箭的姿勢還算標準，只是一直在意莉莎，所以才瞄不準吧。

「我比較擅長用這個……」

卡琪雅改用插在腰際的飛刀，只用一刀就解決了數十公尺外的鹿。

「卡琪雅大人，幹得漂亮。接下來……莉莎小姐剛才說會使用有趣的魔法吧？」

雖然莉莎巧妙地取得了殿下的信任，但光是待在我們旁邊，不可能找得出卡琪雅魔力增加的原因。

她像是覺得有些無聊般，在保護殿下的同時偷看我們，但殿下命令她表演能用在狩獵上的魔法，讓她稍微鼓起了幹勁。

「妳好像沒有帶弓箭。」

因為沒人受傷，所以無事可做的艾莉絲，很好奇什麼都沒帶直接盯著鹿看的莉莎，會使出什麼樣的魔法。

「卡琪雅知道是什麼魔法嗎？」

「我有看過幾次，但殿下也在，所以我就先不透露了。」

「妳只是嫌說明麻煩吧？」

「露易絲到底以為我有多笨啊！不是那麼複雜的魔法啦！」

對於把自己當成笨蛋的露易絲，卡琪雅不禁抱怨。

莉莎並沒有帶弓箭，但她仍空手做出拉弓的動作。

隨著她的魔力開始提升，她憑空做出了一支冰箭。

「雖然老套，但好厲害。」

「不怎麼驚喜呢。」

「是啊，薇爾瑪。」

原來如此，用射箭的姿勢放出「冰箭」啊。

莉莎射出的「冰箭」一命中鹿，就化為數公分厚的冰衣包住鹿的身體，讓牠變得動彈不得。

「威爾大人，變得硬梆梆了。」

「真厲害。」

「對沒有魔法袋的人來說，是非常方便的魔法。」

在冰融化前，鹿的肉和內臟都不會腐爛，大部分的人都沒有魔法袋，這對他們來說是非常方便的魔法。
「這個魔法大概能維持半天，只要趁這段期間搬運，等冰塊融化後再解體就行了。」
「原來如此，是經過深思熟慮後想出的便利魔法呢。」
王太子殿下稱讚莉莎的魔法。
與其在貴人面前表演著重視覺效果的華麗攻擊魔法，不如強調魔法方便和巧妙的一面。
王太子殿下本人也很優秀，能夠正確評價莉莎剛才使用的魔法，這表示莉莎知道該在誰的面前表現。
「（明明打扮得那麼沒常識，該說真不愧是暴風雪莉莎嗎？）」
卡特琳娜以有些無法接受的表情低聲對我說道，不過單純打扮華麗並亂用搶眼魔法的大嬸……不對，大姊姊，不可能被評價為優秀的魔法師。
所以也難怪莉莎會發現卡琪雅的魔力變強了。
「真了不起。看來我的家臣找到了一個優秀的護衛。我再次拜託妳，在我回到王都前擔任我的護衛。」
「請放心交給我吧。」
王太子殿下很高興僱用到一個優秀的護衛，但這表示在王太子殿下回王都前，我們都得一直受到莉莎的監視。

「（泰蕾絲小姐，妳難得被人將了一軍呢。）」

「（只要不露餡兒就好。不如說王太子殿下也了解威德林的狀況。只要正常生活，就不可能會露出馬腳。）」

卡琪雅是因為和我做了那種事，所以魔力才會增加，但莉莎總不可能去偷窺別人的寢室。

如果被王太子殿下發現她這麼做，她至今累積的信用和評價都將化為烏有。

「威德林，今天真是大豐收呢。」

「殿下精湛的箭術，實在令人佩服。」

這個人真的什麼都會。

如果單看能力，或許還在陛下之上。

「如果獵得太多，會影響到下次的樂趣，所以今天就先獵到這裡如何？」

「說得也是，今天就先回去吧。」

狩獵了幾小時後，我們和殿下一起返回鮑爾柏格。

王太子殿下非常中意莉莎，所以在他回王都前，都將由莉莎擔任他的護衛。

「（殿下真是個大方的人。就算看見莉莎小姐的打扮，也一點都不放在心上……）」

伊娜讓馬靠近我，小聲對我說道。

王太子殿下的親信和其他護衛，都看著外表十分震撼的莉莎竊竊私語，但王太子殿下本人似乎毫不在意。

「（因為殿下是個大器的人，能夠確實評價別人的能力。）」

「（講好聽一點是這樣啦……）」

講難聽一點，就是非常遲鈍……說不定他的服裝品味也很差？

「（怎麼可能啊。）」

「（說得也是……）」

等回到領主館後，我們將一起共進晚餐，殿下他們今天也會住下來。

「我們會將今天的獵物，連同鮑麥斯特伯爵領地的特產品一起做成料理。」

「那真是令人期待。」

我和殿下並肩騎馬聊天，但抵達領主館時，我發現有一位中年婦人在那裡等候。

「請問是鮑麥斯特伯爵大人嗎？」

「呃，是的……殿下？」

「她不是我的同伴喔。」

那位中年婦人，某方面來說令人印象深刻。

首先映入眼簾的，是豐腴的身材、濃妝，以及充滿暴發戶品味的服裝，雖然她拚命想掩飾老化造成的影響，但很遺憾似乎沒什麼效果。

除此之外，她的臉上還戴著鑲滿寶石、附帶金鍊的眼鏡，簡單來講，就是典型的「貴婦造型」。

我本來以為這種人只會出現在虛構作品裡，沒想到現實世界真的有這種人。

和她相比，就連莉莎都算普通……雖然這只是比較後的結果。

「我叫赫爾嘉·馮·修堤爾。是修堤爾子爵的妻子是矣。」

「（什麼！）」

這也是我第一次聽見。

沒想到真的有女性會在語尾加上「是矣」……

「（修堤爾子爵？）」

又是個沒聽過的貴族名字。

不如說王國的貴族實在太多，根本就沒辦法全部記住。

雖然我也完全沒打算記。

「（艾莉絲，妳知道修堤爾子爵嗎？）」

「（是的，他是貝爾茲伯爵的附庸，是位以富有出名的財務系貴族。）」

不愧是艾莉絲老師，她似乎認識這個「是矣大嬸」。

「艾莉絲小姐，好久不見。妳長得和我年輕時一模一樣。現在也愈來愈跟我差不多漂亮了是矣。」

「「「「「（聽妳在胡扯！）」」」」」

除了這個「是矣大嬸」以外，大家現在腦袋裡一定都是這麼想的。

不管她再年輕多少歲，卸掉多少濃妝，減掉多少體重，她都絕對不可能成為艾莉絲。

艾莉絲也不曉得該怎麼回答，只能苦笑地蒙混過去。

「哎呀，我今天可不是來聊天的。其實我今天來，是為了利奧波德的事是矣。」
「利奧波德先生嗎？」
「他是我可愛的孩子是矣。」
利奧波德先生，似乎是這個「是矣大嬸」的兒子。
不過她的兒子到底怎麼了？
「利奧波德先生沒有被錄取……」
羅德里希如此回答，這句話讓大家都明白了狀況。
「是矣大嬸」的兒子本來想來我們這裡求職，但因為他是被記載在那份黑名單裡的問題人物，所以我們並沒有錄取他，於是他的母親就來找我們抗議。
看來這個世界也有所謂的怪獸家長。
「無關的人給我閉嘴。我是在和鮑麥斯特伯爵大人說話是矣。」
「那個……羅德里希是鮑麥斯特伯爵家的家宰，也是人事方面的負責人……」
我家重要的家宰，應該不算無關的人吧。
「唉，這樣可不行呢。雖然羅德里希先生或許是位優秀的人才，但鮑麥斯特伯爵必須親自多面試幾個人才行是矣。」
「呃……」
這個「是矣大嬸」說的話也不無道理。

其實本來應該由我這個鮑麥斯特伯爵家的當家，來審查該僱用哪些家臣。

這確實也是當家的重要工作之一。

因此我決定好好聽她說話，但這是個天大的錯誤。

「利奧波德沒被錄取，一定是出了什麼差錯。我今天來，就是為了糾正這個錯誤。聽好囉？我家的利奧波德……」

「利奧波德先生？」

明明我們才剛打獵完，肚子非常餓，在那之後卻被迫在家門前聽那個「是矣大嬸」炫耀自己的兒子長達兩個小時以上。

「主公大人，真是非常抱歉。」

「沒關係啦，反正沒有直接的危險。」

長時間聽那個「是矣大嬸」炫耀兒子，讓大家在精神上累積許多疲勞。

羅德里希不斷對自己未能事先預防這件事，向我們道歉。

「大姊頭？」

「……」

雖然莉莎靠經驗博得殿下的好感，成功以護衛的身分待在他身邊監視我們，但她似乎也沒預料到「是矣大嬸」的登場。

和我們一起聽了兩小時的炫耀後，她顯得一臉憔悴。

「如果那個大嬸會為威爾帶來危險，那確實會造成問題，但事情並非如此吧。」

「不過，伊娜大人。」

「只是精神上有點疲累。明明同樣都是女性，為什麼她有辦法講那麼久的話啊？」

伊娜很驚訝為何那個大嬸有辦法一個人講那麼久的話。

「真是太厲害了，光炫耀那個利奧波德，就講了兩個多小時。」

在我們當中算是相對比較有精神的露易絲，也覺得那個「是矣大嬸」很厲害。

那些令人感動的故事，完成度實在太高了。

從「是矣大嬸」的兒子利奧波德誕生，一直講到現在，構成了壯闊又感動的長篇故事。

都快能拍成兩小時長的電視劇了。

當然，即使當中包含部分現實，故事通常都會講得比較誇大。

至於誇大了多少……我實在是沒那個心情調查……

「拜她之賜，我現在相當了解利奧波德，變成利奧波德博士了。」

「「「「「噗！」」」」」

薇爾瑪這句話插得恰到好處，讓所有人都噗哧地笑了出來。

的確，如果有利奧波德檢定，我現在應該能輕易通過初級，或許還能挑戰中級也不一定。

只要努力朝上級邁進，我們也能成為了不起的利奧波德學家。

「這種沒意義的知識，記了也沒用。雖然不知為何就是在腦中揮之不去……」

「卡特琳娜，這都要怪那個『是矣大嬸』。」

明明不想聽她說話，但她先發制人的能力實在太強了。

而且只要一讓她開口，就無法輕易擺脫她。

這也算是一種才能。

讓人即使不願意也會記住的說話方式更是一絕。

我覺得她乾脆去當學校的老師算了。

「利奧波德三歲時，從野狗手中救出表姊的故事非常令人感動呢。」

「明明泰蕾絲小姐也在，某方面來說，那個大嬸真的很了不起呢。」

明明帝國的前公爵也在，居然有辦法對她進行長時間的演說。

可以說是非常有膽識。

不過實際上只是完全不會看氣氛吧。

「明明我也在……」

「對耶……那個人居然對殿下……」

就連殿下都被迫聆聽那場演說。

不曉得那個大嬸到底有沒有發現殿下也在。

其實就連卡特琳娜都瞬間遺忘了殿下的存在，所以只能不自然地蒙混過去。

唉，因為我也一樣，所以沒資格說她。

「那個大嬸的衝擊力實在太強了……」

一定是因為那個「是矣大嬸」的存在感太強烈，所以才讓殿下變得不起眼。

「好像發生了什麼不得了的事。餐點已經準備好了，請各位一起來用餐吧。」

亞美莉大嫂過來叫我們吃晚餐。

其實我們本來想將今天得手的獵物做成料理，但那個大嬸害我們沒時間把獵物交給廚師，所以只能料理家臣們事先獵到的獵物。

「殿下認識那位婦人嗎？」

「前菲利浦公爵應該能夠明白吧……唉，那位修堤爾子爵夫人，是個非常有名的人……」

王國有好幾千個貴族家，就算是殿下，應該也有很多貴族不認識，但他似乎知道修堤爾子爵夫人。

「她非常引人注目。」

「我想也是。」

那種人只要見過一次面，就絕對忘不了吧。

她和殿下不同，是非常顯眼的類型。

那個「是矣大嬸」——修堤爾子爵夫人，似乎是個不得了的人物。

「以前修堤爾子爵家曾發生過財務危機。現任當家為了解決這個問題，只好迎娶現在這位夫人。」

雖然原本的目的是從妻子的娘家那裡獲得高額的嫁妝和援助，但修堤爾子爵夫人本身也擁有優異的才能。

「夫人是放債的專家。」

「我也有聽過這個傳聞。」

「嗯，霍恩海姆樞機主教知道這件事也很正常……」

只要是貴族，就難免會遇到臨時需要一筆鉅款的狀況。

修堤爾子爵夫人非常擅長找出這種貴族，再偷偷借錢給他們賺取利息。

重點在於她會保密，修堤爾子爵夫人似乎絕對不會洩漏顧客的資訊。

貴族的自尊心都很高，所以不想被別人知道自己借錢。

即使利息有點高，只要向修堤爾子爵夫人借錢，就不用擔心消息外漏。

因此似乎很少有貴族會批評她或與她為敵。

畢竟如果需要應急時沒辦法和她借錢，會讓人非常困擾。

「拜此之賜，修堤爾子爵家的財政狀況也獲得了改善，不過……」

包含當家在內，修堤爾子爵家的人在夫人面前都抬不起頭。

修堤爾子爵夫人君臨那個貴族家的頂點，在這個世界算是相當罕見的狀況。

「因為修堤爾子爵是個平庸又不起眼的人……」

「嗯，他是個非常溫順的人。」

艾莉絲也認識修提爾子爵，但對方實在太不起眼，所以艾莉絲也不清楚他是個什麼樣的人。

「的確，畢竟都娶了那種老婆。」

根據艾莉絲提供的情報，修提爾子爵因為不敢反抗夫人，所以連一個側室都沒娶。

「與其說是不起眼，不如說是那個大嬸太搶眼了……」

只要和她見過一次面，不管是誰都忘不了吧。

她帶給我們的衝擊，就是如此強烈。

「也可以這麼說。」

「殿下，為什麼那個大嬸這麼關心兒子的工作？她明明那麼有錢。」

這麼說來，確實有點奇怪。

只要利用放債培養出來的人脈，她的兒子應該不可能找不到工作。

「薇爾瑪大人，這是因為利奧波德大人是六男。」

那個「是矣大嬸」，似乎生了六個孩子。

「長男是繼承人，次男入贅分家，三男入贅親戚的貴族家，四男和五男也都找到了工作。」

「只有六男特別沒用嗎？」

「因為是老么，所以夫人似乎特別溺愛他。聽說她非常熱心地在幫他尋找好工作。」

即使擁有放債的才能，在面對自己疼愛的兒子時，還是會失去正常的判斷能力。

所以她才想幫兒子確保穩定的將來，但失控的結果，就是母子都被記載進黑名單裡。

不只是兒子，居然連媽媽都被加進黑名單……

「是母親的問題嗎……」

「其實鄙人也不太清楚。」

「咦？羅德里希至少有進行面試吧？」

「不好意思。因為是黑名單上的人物，所以在應徵時就被刷下來了。」

又不是沒有其他人選，羅德里希也沒閒到會關心黑名單上的人……

「等實際見過面後，應該就會知道……」

「咦？羅德里希要見他嗎？」

「主公大人剛才不是親自答應了那位夫人的請求嗎？」

「咦？是嗎？那要直接讓我來面試他嗎？」

「應該會變成這樣吧。」

那個「是矣大嬸」講得實在太久，所以我最後都沒在聽，但我似乎不自覺地答應了她再面試一次。

如果那個大嬸是為了這個目的才說得這麼久，那她可真是個不可小覷的人物。

「唉，算了……」

雖然我從容地答應重新面試，擺脫了那個大嬸，但其實我只是聽累了她的話，才會不自覺地點頭，我決定將這件事當成祕密。

「可惡！我好不容易才討好殿下，找到理由待在鮑麥斯特伯爵身邊，那個臭老太婆！」
看來連莉莎都不是修堤爾子爵夫人的對手，這樣她就算待在我身邊也什麼都不能做，很遺憾她目前還沒獲得任何成果。

＊　＊　＊

隔天，我開始面試那個「是矣大嬸」的兒子。
明明可以等殿下回王都後再來處理這件事，但我昨天似乎說了今天就能面試，真是自作自受。
殿下似乎也很期待，所以想要參觀修堤爾子爵夫人兒子的面試，在他後面待命的莉莎，則是一臉冷漠。
她現在應該在心裡拚命咒罵修堤爾子爵夫人吧。
即使如此，考慮到那位公子也可能是被那個大嬸過度干涉的受害者，我對他還是感到有些同情。
雖然這份同情，過幾分鐘後就消失殆盡了。
「我是利奧波德·馮·修堤爾。居然能看穿我隱藏的才能，鮑麥斯特伯爵大人意外地還滿有一手的嘛。」
「是矣大嬸」的么子看起來將近二十歲，他從一開始打招呼時，就擺出高姿態。

他明明只是個應徵者，卻不知為何表現得非常囂張。

「羅德里希大人也算是個能幹的人，但我覺得還是有許多地方可以改進。如果交給我處理，開發計畫的進度，應該能再快個兩成吧。」

我想起前世也遇過自稱是經營顧問的人。

嘴巴上說自己擁有滿滿的創意，只要交給自己處理，就能省下大量勞力與成本，營業額和利潤也絕對能夠提升，但完全沒提出任何具體的作法。

別說是受騙後損失了顧問費，甚至還有店家因此倒閉，所以那位顧問後來被業界視為危險人物。

「我從小就勤奮好學，鑽研各種知識。鮑麥斯特伯爵大人呢？」

我只看過書房裡的書，再來就是一直——在未開發地修練魔法。

「這樣可不行呢。鮑麥斯特伯爵大人以後將成為王國屈指可數的大貴族，應該好好培養知識，多和貴族們交流。」

雖然這個叫利奧波德的年輕人講的話還算有點道理，但非常煩人。

在我的前世，這種人被稱作「自視甚高型」。

這個「自視甚高型」，絕對不是用來稱讚別人的詞。

如果單純只是「對自己有自信」，那或許還算是一種稱讚。

這個利奧波德在面試時，只是單方面一直講個不停。

我和一旁的羅德里希，都變得面無表情。

「鮑麥斯特伯爵領地接下來必須多重視與帝國之間的關係。像我這樣的青年才俊，一定能和帝國那些立場相同的人們做出新的創舉。」

那個「創舉」到底是什麼呢？

這個詞實在太抽象……真希望有人能幫我翻譯。

「鮑麥斯特伯爵家太少和西部諸侯們交流了。我在那邊有很多熟人，可以幫忙牽線。」

你真的有那種人脈嗎……

如果有的話，為什麼不去那裡找工作？

「我個人認為……」

利奧波德之後也一直在講些空泛的事情。

我們只能把那些話當耳邊風，任憑時間流逝。

唯一的救贖，就是想來打探我的祕密的莉莎，也必須一起聽利奧波德說話。

我瞄了卡琪雅一眼，她在發現莉莎表現得很安分後，露出鬆了口氣的表情。

利奧波德的空泛言論只要隨便聽聽就好，比莉莎的強硬手段好應付多了。

「今天辛苦你了。至於是否錄取，之後會再另行通知。」

「鮑麥斯特伯爵，只要錄取並重用我，一定能為鮑麥斯特伯爵領地帶來戲劇性的變化。」

利奧波德笑著對我眨了一下眼，讓我的不耐煩指數攀到最高點。

「（感覺超想揍他……）」

動。

「（算了啦。）」

我非常能理解艾爾的心情，但如果鮑麥斯特伯爵家的重臣打傷其他貴族的兒子，一定會釀成騷動。

「（真是有其母必有其子呢。）」

羅德里希講話也很不留情。

就一開口便會讓人覺得很煩這點來說，那對母子確實很像。

「（保險起見，還是要確認一下……）」

「（我再也不想和那對母子說話了。）」

如果我只是一介上班族，或許還會忍耐，但我現在是鮑麥斯特伯爵。

請讓我行使不用再和那對母子見面的權力。

「（那麼，就不錄取他了。）」

雖然我答應重新面試，但並沒有說一定會錄取。

我決定不錄取利奧波德，明明他只要天花亂墜完後，乖乖回家就好，偏偏利奧波德注意到了她的存在。

沒錯，就是站在不顯眼的王太子殿下後面，打扮非常顯眼的莉莎。

「王太子殿下？」

「利奧波德大人，怎麼了嗎？」

即使是這麼煩人的傢伙，王太子殿下依然以禮相待。

王太子殿下明明是個人品高潔的人，但不曉得是因為他太不起眼，還是利奧波德比想像中還要沒禮貌。

利奧波德剛進房間時，並沒有跟王太子殿下打招呼，但後者也沒有責備他。

「請問您後面那位小姐是護衛嗎？」

「因為我的親信表示這次帶的護衛人數太少了，所以就透過冒險者公會僱用了一名優秀的魔法師當護衛，她是個優秀的人才，我很滿意她的表現。」

莉莎也是女性，所以當然很高興被王太子殿下稱讚。

她一臉得意地看向我們——主要是針對卡琪雅。

「唔呃……」

這讓卡琪雅感到有點厭煩。

然而下一個瞬間，那個自視甚高的笨蛋利奧波德，居然跑去招惹一直保持安靜的莉莎，不如說他根本是直接踐踏她。

「您說她是優秀的魔法師？」

「是的。」

「殿下，您這樣不行啊。如果把這種像出來賣的老女人帶在身邊，會有損殿下的名聲。」

「出來賣的……」

以利奧波德來說，這樣的形容難得還算是滿中肯的，不過正因為他講得如此具體，反而惹得莉莎更加生氣。

莉莎以惡鬼般的表情看向利奧波德，讓她之前偽裝的形象全都白費了。

「殿下是將來要成為國王的人。無論她再怎麼有實力，您都不應該將這種沒品又不懂穿搭的老女人放在身邊，不然或許會被人說『殿下的口味真是特殊，居然對那種老女人出手』『他該不會偶爾會想玩奇怪的女人吧？』『再怎麼說，這興趣都太糟糕了』之類的閒話。」

雖然利奧波德講的話也不能算錯，但正因為如此，才引爆了莉莎後續的激烈反擊。

「（這些都是絕對不能對大姊頭說的話啊……我不管了。）」

真巧呢，卡琪雅。

我也不想管了。

因為室溫已經下降到讓人覺得冷，殿下的家臣們在看見莉莎的表情後，更是嚇得臉色蒼白。

莉莎之前都巧妙地偽裝自己，所以家臣們也認為就算她的外表是那個樣子，至少言行舉止應該很正常，不過現在事情逐漸朝不同的方向發展。

「「「咿！」」」

殿下的家臣們發出慘叫。

伴隨著一道清脆的破裂聲，放在桌上的花瓶應聲破裂。

原本裝在裡面的水，因為結凍而急速膨脹。

插在花瓶裡的花也被凍結，一掉落桌面便宛如玻璃製品般破裂。

「她……和我不是那種關係，我之所以請她擔任護衛，單純只是因為她是個優秀的魔法師。」

王太子殿下努力想平息莉莎的怒火。

「話雖如此，底下的人依然時常關注殿下的行動。如果和這種低俗的老女人一起行動，會有損殿下的名聲。話說回來……都一把年紀了還穿成那樣，妳一定還單身吧。如果已經結婚，丈夫和小孩不可能什麼都沒說！」

不過，他的努力全都白費了，偏偏當事人利奧波德完全搞不懂狀況，還繼續火上加油。

真不愧是利奧波德。

他一直以「我已經看穿一切了」的囂張態度說個不停，卻沒看穿莉莎的憤怒。

「妳在顧好殿下的安全前，還是先顧好自己的人生規劃吧。哎呀，我說得真是太妙了。」

下一個瞬間，我感覺自己聽見「啪」的一聲，那是理應不可能聽見，某樣東西斷裂的聲音。

「你說夠了吧？」

莉莎平靜地向利奧波德問道。

「妳是指我對妳做的犀利分析嗎？啊，會覺得犀利，是因為『忠言逆耳』啦。像我這樣優秀的人，有時候講話會比較嚴厲一點。但我沒有惡意，所以請別見怪啊。」

「喔——你沒有惡意啊。」

「是啊，我單純只是太溫柔了，所以才會對不重要的老女人提出忠告。這也是我將來能夠成功的要素之一……」

「怎麼可能啊！你這個有戀母情結的傢伙！」

莉莎似乎終於忍無可忍，開始對利奧波德怒吼。

關於這部分，我們都認為莉莎說的沒錯，所以一致點頭稱是。

「居然一直在那裡亂講話！我才不管你是哪裡的貴族小鬼，但我就是看你這種只會出一張嘴的傢伙不爽！看我現在就把你凍起來！」

已經氣炸的莉莎一踏出腳步，利奧波德就遭到寒氣襲擊。

莉莎已經憤怒到無法精準地控制寒氣。

「咿！要是我出了什麼事，我媽絕對不會放過妳。」

「真沒用……」

「（一旦出事，就開始叫媽媽啊。）」

艾爾小聲嘟囔道。

「如果惹我媽生氣，妳以後就接不到工作了！」

「修提爾子爵夫人啊……她好像很有錢，並且認識許多貴族呢。」

「沒錯。所以如果我出了什麼事，妳就會失去許多來自貴族的工作！所以妳最好不要對我亂來！」

終於露出真面目啦……在惹莉莎生氣後，才發現自己無法處理，必須依靠母親和她認識的那些貴族，而且還被莉莎的寒氣嚇得半死。我們一看見利奧波德怕成那樣，就忍不住笑了出來。

「（老公，那傢伙說的那些話根本就沒用吧。）」

「（畢竟他既不是厲害的魔法師，也不是冒險者啊。）」

我和卡琪雅都知道那種威脅對莉莎一點用也沒有。

「怎麼樣？怕了吧？」

「呵，我還以為你要說什麼呢，你這個有戀母情結的膽小鬼。」

「居然這樣侮辱我！我要跟媽媽告狀……」

「隨你高興！你以為王國有多少貴族家啊！憑我的本事，就算被修堤爾子爵夫人的派閥討厭，還是會有一堆其他的貴族來委託我！我已經看膩你的蠢臉了！」

莉莎說到這裡，稍微思考了幾秒後，露出壞心眼的笑容。

「真想聽那個老太婆發出殺雞般的慘叫聲……我會把你擺在最顯眼的地方裝飾。放心吧。我不會取你性命。好了，差不多該把你凍起來了。」

「咿！」

之後發生的事情，大致就跟大家想像的一樣。

利奧波德企圖逃跑，但莉莎當然不可能放過他。

他的腳底立刻被凍結，之後利奧波德就被當成寒酸的擺飾放在鮑麥斯特伯爵官邸的正門前面，直到過了半天後，冰塊融化為止。

來我這裡面試的利奧波德，在我家前面丟了大臉。

雖然這樣應該會害我也被修提爾子爵夫人的怒氣波及，但莉莎姑且有替我設想。

「這裡是鮑麥斯特伯爵官邸的正門前面，算是在官邸的範圍之外，所以和伯爵沒有關係。順便貼上這個吧！」

說完後，莉莎在動彈不得的利奧波德頭上貼了張紙條。

『修堤爾子爵的笨蛋兒子，在對莉莎·克萊門特·烏里肯·埃克斯拉惡言相向後，遭到本人制裁！』

紙上寫了這樣的內容，用來表示莉莎是基於個人的立場，制裁對自己惡言相向的利奧波德。

「怎麼了？」

「好像是貴族的笨兒子幹了什麼蠢事。」

「然後被有名的魔法師制裁啦。」

利奧波德的下半身和雙手都被冰塊包住動彈不得，發現他的人們在看過莉莎寫的紙條後，各自發表感想。

「大姊頭……」

「哈！就算被修堤爾子爵家盯上，也只會讓來自其他貴族的工作變多！這個笨蛋居然連這點都不懂！」

莉莎瞄了利奧波德一眼，如此說道。

的確，如果是沒什麼本事的冒險者，或許會不希望被貴族盯上，但像莉莎這種高手根本不用擔心這種事。

王國有好幾千個貴族家，無論修提爾子爵夫人的影響力再怎麼大，都不可能遍及所有人。

不如說與修提爾子爵敵對的貴族們反而會覺得很高興，因為這樣他們就更容易委託莉莎工作了。

所以利奧波德的威脅對莉莎根本就沒用，但他現在根本無暇在意這點。

因為他已經在鮑爾柏格的居民們面前醜態畢露。

「利奧波德——！」

然後，那個人果然很在意自己心愛的兒子。

面試預定結束的時間一到，修提爾子爵夫人就立刻現身，並在我家門前發現利奧波德的下半身和雙手都被凍結後，發出慘叫。

「啊——哈哈哈！這慘叫聲簡直就像是蟾蜍在叫。」

「卡琪雅，妳的師傅該不會個性很惡劣吧？」

「只有針對與自己為敵的人是這樣。」

修提爾子爵夫人在發現兒子的慘狀後發出慘叫，莉莎見狀，便放聲大笑。

雖然伊娜不太能接受這種作法，但卡琪雅拚命替師傅說好話，表示她不會殃及無辜。

從卡琪雅的反應來看，莉莎平常應該不是那麼壞的人。

只是一旦事情變成這樣，就沒人能夠阻止她了。

「妳這個下賤的女魔法師！看妳對我的利奧波德做了什麼好事是矣！」

「這個蟾蜍老太婆還真吵！我只是覺得如果幫他冰敷一下腦袋，或許會變得聰明一點……哎呀，我忘了冰敷腦袋呢。」

莉莎瞬間用魔法做出一頂冰帽，戴在利奧波德頭上。

「這樣就行了。」

「媽媽──！好冷啊──！」

「看妳做了什麼好事！我要讓妳再也接不到冒險者的工作是矣！」

「辦得到就試試看啊！」

「氣死我了──！真是個不得了的賤女人是矣！」

「我才不想被蟾蜍這麼說。」

修堤爾子爵夫人和莉莎將我們晾在一邊，陷入低水準的爭吵。

兩人一直吵到半天以後，困住利奧波德的冰融化為止。

王太子殿下在那之前就先返回王都，並將以後絕對不要再僱用莉莎這點記錄下來。

他一定不擅長應付莉莎那種偏激的行動吧，但即使如此，莉莎依然不受影響。

第六話　踢館

我的名字是約翰．尤蘭妲．奧蕾莉亞．歐佛維克。

我和哥哥傑諾斯，一起在鮑麥斯特伯爵領地的根據地鮑爾柏格經營魔鬥流的總道場。

雖然我覺得這對一個今年十五歲，才剛成年的年輕人來說，是個超出常理的職責和待遇，但這是因為我的姊姊是鮑麥斯特伯爵大人的妻子。

唉，不管由誰來看，這都是在靠關係。

儘管我周圍有些人覺得我只是矇到，但真正矇到的人並不是我，所以在意這些事情也沒用。

在姊姊露易絲……雖然外表怎麼看都是妹妹……的指名下，我和傑諾斯哥哥一起攜手創設鮑麥斯特伯爵家魔鬥流教頭家和經營道場。

姊姊必須生下繼承人，所以要一直待在鮑麥斯特伯爵大人身邊。

因此才由我和傑諾斯哥哥代替姊姊處理這些工作。

我和傑諾斯哥哥之所以被選上，是因為我們和露易絲姊姊是同一個母親所生。

有些正妻生的兄弟非常羨慕我們，但這些都是大人們基於方便所做出的區隔，所以我們也無可奈何。

不過，其實這些工作還滿辛苦的。

儘管姊姊會幫忙出錢，但她絕對不會參與瑣碎的經營和雜事。

她的頭腦並不差，只是嫌麻煩才不想做。

姊姊的童年好友伊娜姊曾說過「她就是這種個性，所以沒辦法」。

那個人從以前就是最了解姊姊的人。

因為鮑麥斯特伯爵領地很大，所以除了在內亂期間完成的鮑爾柏格總道場以外，我們還在警備隊駐守的各個地區，設立了像分部練習場的設施。

唉，雖說是分部，但其實就只是稍微大一點的小屋。

派駐到那些地方的教頭，大多是來自外部、和我們感情很好的門徒。

畢竟和正妻生的兄弟們關係親密的門徒，都不太聽我們的指揮。

無論是何種武藝的教頭，都不是只要實力堅強就能勝任。

除了要會教人以外，因為不管再怎麼小的道場，都需要有人管理，所以也必須具備一定程度的學識。如果沒有這些能力，就不可能爬到教頭以上的位子。

順帶一提，姊姊根本就不會教人。

雖然她是個厲害的天才，但讓她教人反而只有害處。

所以即使她是總教頭，實際上仍是由我們負責指導學生。

她只有偶爾會來這裡露一下臉，不過如果她不早點生下孩子，我們都會沒工作，所以這樣就行了。

然而，偶爾也會遇到不得不請姊姊出場的狀況。

「姊姊！不對……不得了了！總教頭！」

「約翰，怎麼了？有什麼事嗎？」

「總教頭！有人來找碴……不對，有人來踢館了！」

沒錯，教武術的道場偶爾會遇到這種狀況……

那就是有人來踢館。

大概是認為現在的鮑麥斯特伯爵領地有機可趁吧。

雖說是踢館，但就算打贏了，也幾乎沒有人會把招牌拆走。

大部分都只是想藉此對外宣傳「我很強，請僱用我」。

不然就是趁機說「我比你們強，所以僱用我吧！」，畢竟只要打贏，就能擺出比較強硬的態度。

不過要不要僱用踢館者，還是由道場決定吧？

如果剛好有缺教頭，或許就會僱用他們。

即使好不容易被僱用，還是有可能因為不擅長教人，或是缺乏經營能力而被開除。

雖然經常有人會誤會，但光是實力堅強根本就沒有意義。

除非同時擁有壓倒性的實力和極高的知名度，並且能夠幫忙宣傳，才有可能受到流派或道場的禮遇。

教人和經營道場的部分，只要交給擅長這些事的部下去做就行了。
仔細想想就知道了，外行人或普通人想學習武術時，會去找透過踢館拆下許多招牌的人學習嗎？
姑且不論那些以武術顛峰為目標，或是愛作夢的魯莽年輕人，一般人通常會先去正常的道場吧？
我們也是從小就按部就班地接受訓練。
「是喔——」
姊姊，現在不是在那裡悠哉的時候。
而且妳嘴巴旁邊還留著剛才吃的蛋糕的奶油耶。
我這邊可是大事不妙啊，姊姊是這座道場最偉大的人吧。
請妳認真處理道場的危機啦。
「約翰和傑諾斯都打不贏嗎？」
「來了個棘手的傢伙……棘手的人。」
雖然只限於魔鬥流，但我和傑諾斯哥哥的實力，在鮑麥斯特伯爵領地內算是第二強與第三強。
最強的人當然是姊姊。
即使如此，從全國的角度來看，國內還是有許多強者。
今天來踢館的，就是那樣的強者。
傑諾斯哥哥和我應該都沒有勝算，所以我才來拜託姊姊。
「招牌要是被搶走就可惜了。」

「是啊，畢竟招牌很貴。」

就算沒有招牌，道場還是能夠照常營運，但輸掉招牌很丟臉，正式的招牌又很貴。

招牌的錢，也是流派總部的貴重收入來源。

而且如果沒掛正式的招牌，果然還是會影響道場的風評。

「明明之前才花大錢請總部幫忙製作一個，如果又重新下訂單，一定會被人發現我們的弱點，然後被趁機抬價吧。」

「畢竟總部的那些老頭子，都認為鮑麥斯特伯爵領地很有錢，所以絕對會趁機大幅抬價！」

「那樣可就不好了。好吧，由我來解決那個人。」

姊姊答應幫忙擊退踢館的人。

「露易絲，妳嘴巴旁邊沾到奶油了。」

「哎呀，我可是個淑女，這樣太不像話了。」

姊姊立刻起身，但馬上因為無聊的小事被伊娜姊姊叫住。

還有，我相當懷疑姊姊能不能算是個淑女。

「必須快點趕過去。」

「是啊。」

另外不知為何，在姊姊起身的同時，鮑麥斯特伯爵大人也跟了過來。

明明領主大人根本不需要特地確認我們怎麼處理踢館的人……

「那個……這件事並沒有嚴重到需要讓您跑一趟……」

「咦？可是有人來踢館耶！」

咦？

領主大人不知為何顯得非常開心。

「不，只要交給總教頭處理就……」

我不覺得這件事有嚴重到要讓鮑麥斯特伯爵，也就是我們的主公大人親自跑一趟。

他應該還有其他更重要的事情要忙。

「哎呀，我第一次有機會看別人踢館，如果不去看就虧大了。」

「如果我華麗地打倒對方，威爾會開心嗎？」

「我很期待看到那樣的場景。」

「我想也是。只要見識到我的實力，威爾一定會再度迷戀我。」

「……」

鮑麥斯特伯爵大人的發言，就像是個看熱鬧的觀眾，我發自內心覺得他和姊姊真的是天生一對。

「唔哈哈哈哈！本大爺！班巴．巴巴巴——恩大人，來拆你們的道場招牌啦！」

姊姊和鮑麥斯特伯爵大人……還有其他很多人都一起跟來了……該不會大家其實很閒吧？

我們一回到道場，就發現那個身高將近兩公尺、全身都是鋼鐵般肌肉的踢館者，已經打倒了幾名門徒，看起來氣勢如虹。

雖然他大聲報上名號，但真希望他可以克制一點。

那個名字，只會讓我們這些被打敗的人變得更沮喪。

「你還好吧？」

「不好意思，艾莉絲大人。」

艾莉絲大人主動幫忙，替被那名大漢打傷的門徒們治療。

就結果而言，幸好鮑麥斯特伯爵大人他們也一起跟了過來。

然後那個踢館者，像是為了展現自己的實力般，開始大吼著破壞道場的地板與牆壁。

「喂！這間新道場好不容易才蓋好，你以為修理費是誰要出啊！」

沒錯，姊姊，多罵他幾句！

就是因為缺乏常識，才會儘管實力堅強，依然只能淪落到來踢館的地步。

「你最後會付修地板和牆壁的錢吧！」

經營道場可是很辛苦的。

因為很容易就入不敷出……話說我這邊明明這麼認真，不知為何也一起跟來的鮑麥斯特伯爵大人，卻似乎對踢館者非常感興趣。

他以閃閃發亮的眼神，向踢館者問道：

「喂，你至今挑戰過幾間道場啊？」

「聽了包準你嚇一跳！我已經打敗過五間道場了！」
唉……那五間道場為了重新買招牌，應該虧了不少錢吧。
總部的那些老頭子應該高興死了，他們一定會與平常往來的招牌工匠聯手，狠狠敲詐那些人。
「好厲害！是真正的踢館者！」
「沒錯！厲害吧！」
為什麼鮑麥斯特伯爵大人看起來那麼開心啊？
對方挑戰的對象，可是他妻子經營的道場耶……
「威爾，那個踢館者是敵人喔。」
「是啊。現在各個地方都在關注鮑麥斯特伯爵家，如果這時候招牌被人搶走，臉可就丟大了。」
「威爾大人，你興奮過頭了。」
「威德林先生，你現在應該要替露易絲加油吧。」
鮑麥斯特伯爵大人像個孩子般，被艾爾文先生、伊娜小姐、薇爾瑪小姐和卡特琳娜小姐責備。
那個樣子，看起來實在不像是屠龍英雄。
「話說回來，為什麼你要取那種藝名啊？」
不曉得是不是因為鮑麥斯特伯爵大人一直在關注踢館者？
感到嫉妒的姊姊，開始吐槽踢館者的名字。
「這才不是藝名！」

呃，因為那名字怎麼看都是藝名。

怎麼可能有人本名就叫那樣……

「是我靈魂的名字！」

「什麼叫靈魂的名字啊？是藝名的別稱嗎？」

「才不是！本大爺為了鑽研魔鬥流，從小就捨棄了過去的名字，並且斷絕所有人際關係，打算一輩子都只和魔鬥流為伍！」

「真是寂寞的人生！」

「別隨口就直接批評啦！這樣反而讓人難受！」

呃，不只是姊姊，我也這麼覺得……

其他人一定也一樣……

「我懂，我能夠理解。」

那個……鮑麥斯特伯爵大人？

為什麼你要同情那個踢館者？

「我以前也只有魔法這個朋友……」

「看吧！普通人如果想變得像鮑麥斯特伯爵大人那樣，就必須捨棄一切，持續不斷地努力！」

不知為何，鮑麥斯特伯爵大人幫踢館者重新振作了起來。

這樣就算是姊姊，也會生氣吧……

「雖然我懂，但你踢館時害門徒受傷，還破壞了道場的設備。露易絲，幹掉他吧。」

「好──」

鮑麥斯特伯爵大人下令後，姊姊悠哉地回應。

姊姊，妳這樣真的沒問題嗎？

「喂，鮑麥斯特伯爵大人。你真的以為我會輸給這個小不點嗎？」

「我反倒想問你，為什麼會覺得自己有辦法贏得了露易絲？」

鮑麥斯特伯爵大人似乎對姊姊的實力有很高的評價。

唉，雖然她確實是很強。

「什麼！要是可愛的老婆因此受重傷，你可別後悔啊！」

「我也希望你別輸了以後就一蹶不振。」

「別開玩笑了！」

踢館者在被鮑麥斯特伯爵大人挑釁後，以猛烈的氣勢衝向姊姊。

然後，他立刻大動作地揮了一拳。

「看招！」

不過，踢館者使出渾身解數的一擊揮空了。

姊姊早就已經不在那裡。

「跑去哪裡了？」

「我在這裡喔。」
姊姊以驚人的速度，瞬間繞到踢館者的背後。
她迅速用手刀在踢館者的脖子上輕輕敲了一下，就讓他失去意識。
一個大漢就這樣瞬間倒地，在道場地板上發出巨大的聲響。
「這個踢館者實力還算不錯。」
雖然這個踢館者確實很強，但這樣反而更突顯出姊姊怪物般的實力。
鮑麥斯特伯爵大人就是因為明白這點，一開始才會遊刃有餘地稱讚踢館者吧。
「就像故事裡演的一樣，一開始表現得意氣風發的敵人，最後通常都會輸掉。」
「就是用來襯托主角實力的角色吧。」
姊姊，這樣講他實在是太可憐了。
「親愛的，我來幫他恢復吧。」
「麻煩妳了，艾莉絲。」
艾莉絲大人用治癒魔法，幫昏倒的踢館者治療。
不管看幾次，都覺得她的治癒魔法很厲害……還有胸部也是。
「我輸啦……」
本來以為踢館者清醒後會再次搗亂，沒想到他像是已經死心般，變得非常安分。
「為什麼你要取班巴．巴巴巴——恩這種奇怪的名字？」

「這是因為……」

落敗後變安分的踢館者，開始向姊姊說明原因。

「我的本名，其實叫黛瑪……」

「那是……」

「沒錯，是女人的名字。」

黛瑪的雙親曾經連生五個男孩，但最後全部夭折。

而第六個孩子就是黛瑪。

「他們認為只要取個女人的名字，或許孩子就不會死，於是就幫我取了個女人的名字。」

「偶爾會有這種人呢。」

因為覺得女孩子比較健康，所以為了讓兒子能夠健康長大，就替他取了個女性的名字。

也有些地區是在成年前使用女性的名字，等成年後再另外取一個男性的名字。

「我因此變得只能用女人的名字……」

明明是男性，卻擁有女性的名字，這讓黛瑪小時候經常被其他孩子取笑和欺負，黛瑪是為了對他們還以顏色，才會苦練魔鬥流讓自己變強。

然而，因為他是農民出身，所以無法在加入的道場擔任教頭。

「明明有些人只因為老家有錢，或是生為貴族子弟，就當上了教頭，我卻只能不斷被後輩超越……」

黛瑪表示自己有一半是因為自暴自棄，才會開始踢館。

「嗯——不過教頭還需要指導能力和經營能力呢。」

「我也有好好學習這些事情啊！」

聽完黛瑪的狀況後，我開始有點同情他了。

我們前陣子的狀況也和他一樣。

「看是要殺要剮，隨你們高興吧！」

「那麼，就讓你在我們這裡工作吧。」

「真的嗎？」

「我們這裡基本上很缺人手，而且你的實力還算強。」

其實黛瑪的實力在我和傑諾斯之上，只是姊姊強到像個怪物……

「謝謝，真是謝謝你們。」

姊姊一說要僱用黛瑪，他就開心地哭著向我們道謝。

對一個踢館的人來說，這樣的處置實在太寬大了。

通常都是會直接趕出門。

「你就洗心革面，好好加油吧。啊，還有……」

「還有什麼？」

「這是請款單。你要付道場地板和牆壁的修理費。我們會發月薪給你，你就努力工作還債吧。」

「好的……我會努力還債。」

「加油吧。」

姊姊真是太可靠了。

唉，只要當成是賺到了一個聽話又厲害的教頭人選就行了。

「雖然這裡有點鄉下，但你不介意的話，可以把一個道場的分部交給你管理。只要努力個幾年，應該就能回鮑爾柏格了。」

「露易絲大人，我會好好加油。」

「這樣我也樂得輕鬆。」

為了讓黛瑪將來能以幹部的身分經營道場，才派他去其他分部累積經驗啊。

「那麼，露易絲大人。」

「還有什麼事嗎？」

「我想問的事情，和這間道場與魔鬥流無關。有個女人一直從那扇窗戶外面偷看這裡，請問她是誰？」

我和傑諾斯哥哥也很在意那個打扮和化妝都非常誇張的大嬸……不對，要叫大姊才不會顯得失禮吧？

總之那個人緊盯著鮑麥斯特伯爵大人不放。

她明顯是個可疑人物，主公大人他們卻表現得毫不在意。

「姊姊……不對，總教頭。請問那位女性是誰？」

「約翰，你還是別在意比較好。她馬上就會離開。」

「喔……」

這表示那個女人沒有害處嗎？

她不管怎麼看，都不像是想入門的樣子……

「該不會是想來學防身術吧？」

「不是那樣啦……對吧，卡琪雅？」

「唉……真希望決鬥的日子快點到來……」

最近剛嫁給主公大人的卡琪雅小姐，一看見那位打扮招搖的女性就變得消沉，該不會她們認識吧？

順利解決事件，並僱用了踢館者後，黛瑪開心地前往位於魔之森附近的分部練習場，去那裡當教頭。

事情姑且有個好的結尾，但我和傑諾斯哥哥都非常在意那位打扮招搖的女性到底是誰。

* * *

「嘿！那個教頭還真倒楣，居然得對上我們這兩個狠角色！」

「沒錯！看我拿她來練招，把她打得半死不活！」
「然後告訴她如果不想被我們欺負，就乖乖把薪水通通交出來！」
「是叫黛瑪吧，居然讓女人來當教頭！」

最近剛蓋好的分部練習場，位於魔之森附近的村落，我在那裡聽見兩個粗暴的冒險者在打壞主意。

雖然這也是修行的成果，但對露易絲大人一點都不管用。

那兩個人似乎因為在魔之森賺不到什麼錢，所以打算去新蓋好的分部練習場，威脅那裡的教頭把錢交出來。

他們認為被派來這種偏遠地區的魔鬥流教頭，應該比魔之森的魔物弱。

而且還從姓名推測那個教頭是女性。

兩人開心地想著這樣就能輕鬆搶到錢。

儘管從這裡就能聽見他們的笑聲，但我覺得他們高興得太早了。

「嘿嘿，有人在嗎！」

「教頭在哪裡！給我滾出來！」

兩人來勢洶洶地推開練習場的大門，我暫時停止指導門徒，直接瞪向他們。

他們一看見我高一百九十八公分、重一百二十五公斤的體格，就倒抽了一口氣。

居然只因為對方身材高大就害怕……

真是太不像話了。

「喂！如果連本大爺都贏不了，想贏露易絲大人還早了一千年！」

明明一開始還來勢洶洶，結果一看見我就膽怯了。

來魔之森這裡習武的門徒，大多都是想當冒險者，只要我稍微露出破綻，他們或許就會像僵住的那兩個人一樣失控。

為了讓我接下來能夠穩定地教學，就先拿你們兩個來殺雞儆猴吧。

「嗯？你們是來報名短期講座嗎？」

「「不……」」

兩人似乎打算就這樣逃跑，但嚇到連身體都動不了。

而且我也沒好心到會放他們走。

「啊？你們是在小看魔之森的魔物嗎？給我留下來好好接受訓練！你們應該不會拒絕吧？」

我刻意用凶狠的眼神瞪向兩人。

這兩個傢伙算是來踢館的，只要讓他們屈服並留下來受訓，其他門徒應該會愈來愈佩服我。

我可是有著將來要在露易絲大人底下工作的野心。

「「不！這怎麼敢呢！」」

「你們運氣真好！我會用特別課程鍛鍊你們！」

「哈哈哈……好開心啊。」

「真是賺到了……」

「對吧？」

我會在短期間內，徹底重新鍛鍊他們。

雖然我的指導非常嚴格，但也逐漸讓大家覺得我是個能讓品行惡劣的弟子改過自新，非常照顧人的教頭。

話說回來，之前在鮑爾柏格的道場外面偷看主公大人他們，打扮非常招搖的女人到底是誰啊？

第七話　決鬥開始　暴風雪VS前女公爵

「泰蕾絲，狀況如何？」

「在威德林的細心指導下，本宮的魔法在這一個月大有進步。應該不會輸得太難看吧。」

泰蕾絲如此回答亞美莉大嫂。

「泰蕾絲大人，我偶爾也有指導妳吧。」

「當然，本宮也沒有忘記布蘭塔克的付出。」

「話說回來，為什麼妳把心力都放在學習火魔法上面啊。」

「單純只是因為對方是暴風雪，所以本宮才學了相對的火。如果學習相同系統的魔法，本宮一定沒有勝算。」

「畢竟對方修練魔法的時間，可是比泰蕾絲的年齡還長啊。」

「對吧？」

這一個月，我為了盡可能讓泰蕾絲的魔力量增加，從早到晚都在陪她鍛鍊（大叔笑話）。

雖然泰蕾絲的魔法才能一直以來都被埋沒，目前只有我能將其引導出來，但她的才能非常不得了，不僅足以和卡特琳娜匹敵，甚至或許還在卡特琳娜之上。

不過短短一個月的時間，能做的事情還是有限。

而且即使是為了提升魔力，如果我每天都只顧著陪泰蕾絲，艾莉絲她們一定會有所不滿。

即使已經沒什麼時間，還是不能太過勉強，否則可能會害泰蕾絲搞壞身體，所以大概就這樣吧。

和其他魔法師相比，泰蕾絲已經在短時間內變得非常強了。

「唉，反正本宮只打算在不會喪命的情況下，適當地努力一下。」

「我會去替妳加油。」

「我也會去。」

「我也是。」

「我當然也會去。」

「雖然本宮很感謝妳們的心意，但妳們的身體狀況沒問題嗎？」

因為艾莉絲她們有孕在身，所以泰蕾絲擔心地如此問道。

在懷孕初期觀看決鬥，到底是對身體不好，還是對胎教不好呢？這還真難判斷。

「我會好好保護她們。」

「有我和卡琪雅在，所以不用擔心。而且，還有亞美莉小姐在。」

「如果真的有什麼萬一，我應該也無法防禦魔法，但至少我能幫忙照顧孕婦。既然是威爾的孩子，那看別人用魔法決鬥，對胎教應該不錯吧。」

卡琪雅、薇爾瑪和亞美莉大嫂，都很想去參觀泰蕾絲的決鬥。

「這樣啊。感謝你們大家的支持。應該沒有任何人會幫那個老女人加油吧，這讓本宮稍微有點同情她呢……」

「小妞！我人已經在這裡了！」

其實今天就是決鬥的日子，莉莎早早就來到了領主館，泰蕾絲是明知她在這裡，才會故意挑釁。

「混帳！居然十幾歲就結婚還懷孕！真是氣死人了！」

「大姊頭，妳冷靜一點……咦，比起泰蕾絲的話，妳居然更氣那個？」

「卡琪雅！我最不想被妳這麼說！」

「大姊頭！妳到底想要我怎樣啊！」

莉莎一聽說艾莉絲她們已經懷孕，就湧出一股無處宣洩的怒氣。

儘管卡琪雅努力勸她冷靜下來，但由剛新婚的她來阻止，別說是沒用了，根本是火上加油。

我又不是為了惹莉莎生氣，才讓艾莉絲她們懷孕。

「我要像之前預告的那樣，把妳打垮！」

莉莎收起無法結婚的鬱悶，開始和泰蕾絲決鬥。

其實同為魔法師，本來應該互相迴避，但這次我、卡特琳娜、布蘭塔克先生和導師也會介入。

即使難免會受點傷，但至少要防止最壞的情況發生。

「泰蕾絲大人已經很努力了……」

「正常來講，根本就無法在這麼短的期間內變得那麼強。」

泰蕾絲每天都不間斷地鍛鍊魔法，並努力透過和我的夜生活增加魔力量，現在她的魔力量已經成長到上級的下層了。

如果把單純只是會用的魔法也算進去，泰蕾絲已經有了驚人的進步。

「不過……」

即使如此，她還是不可能贏得了魔力只比現在的卡特琳娜稍弱一點的莉莎。

在那之前，光是經驗就遠遠落後人家了。

像布蘭塔克先生這種程度的高手，不可能沒發現這一點。

「妳的魔力又在短期間內增強了……等打垮妳後，我一定要揭露這個祕密！」

「嘖，居然想起來了。」

「威德林，事情本來就不可能那麼順利。不過只要本宮獲勝……」

泰蕾絲話講到一半就變得含糊不清。

唉，畢竟她百分之百不可能贏。

「先讓妳出招吧。」

莉莎也不認為自己會輸給泰蕾絲。

她擺出像是在說「讓我看看妳有什麼本事」的態度挑釁泰蕾絲，讓泰蕾絲先使出魔法。

乍看之下，莉莎似乎有些輕敵，但像她這樣的高手，一瞬間就能從先出招的對手身上獲取許多情報，所以有時候讓自己先出招，反而會比較不利。

「那樣正好，就讓妳見識一下本宮唯一學會的絕技。」
泰蕾絲一舉起法杖，就在上空形成一顆巨大的火球，而且那顆火球還在逐漸變大。
等火球變大到直徑約兩公尺後，泰蕾絲改為提高火球的溫度，讓火焰變成藍白色。
這是一顆比起尺寸，更加重視溫度與火力的「火炎球」。
「小妞，看來妳比我想的還要有一手呢，但為什麼要灌注那麼多魔力？」
泰蕾絲像是要將一切都賭在這一擊上面般，將大部分的魔力都灌入了位於上空的藍色「火炎球」。
火球的大小，也逐漸成長到直徑十公尺左右。
「因為即使用小家子氣的魔法慢慢攻擊妳，也不可能有勝算。接招吧！」
泰蕾絲在上空完成巨大的火球後，就直接扔向莉莎。
「真是的！所以我才討厭外行人！」
雖然需要相當多的魔力，才能化解這顆火球，但莉莎瞬間就對火球使出暴風雪魔法。
兩個魔法對撞後，讓周圍充滿了水蒸氣。
因為決鬥地點是在預定要建成住宅區的地方，所以地上只有草皮，但那些草一碰到水蒸氣就萎縮了。
我們也各自展開「魔法障壁」，防禦那些水蒸氣。
「老公，不好意思。」

「哎呀，真是驚人呢。」

拚命學習高威力火魔法的泰蕾絲，和身為冰魔法高手的莉莎正面衝突。

雙方的魔法威力都十分強大，但看來這場勝負已經有了結果。

「本宮的魔力已經耗盡，所以投降了。」

泰蕾絲幾乎將所有魔力都灌注在火球魔法裡，所以舉起雙手向莉莎投降。

她的魔力已經耗盡，而且也沒有隱藏其他的王牌，所以這是正確的判斷。

「投降？」

「本宮不打算繼續進行沒有勝算的戰鬥。那麼，本宮先告退了。本來以為能夠互相抵銷，但還是有點冷呢。請亞美莉幫本宮泡杯茶好了。哎呀，還是該請威德林來溫暖一下本宮呢？」

泰蕾絲以乾脆到讓人有點掃興的態度投降後，便打算直接走回屋裡。

「喂！等一下！」

「妳是叫莉莎吧，有什麼事嗎？」

「這場決鬥是我贏了，所以妳要乖乖說出魔力增加的祕密！」

「妳說的話還真是奇怪呢。」

泰蕾絲露出像在說「為什麼本宮得告訴妳那種事」的表情。

「我不是贏了嗎！」

「雖然本宮確實向妳提出挑戰，但並沒有說贏家能獲得什麼獎勵吧？我們彼此都努力鑽研魔法，度過了一段非常有意義的時光呢。」

「噗！確實是這樣呢！」

「的確……呵呵！莉莎在決鬥前，並沒有提出任何條件呢。」

導師和布蘭塔克先生拚命忍笑，贊同泰蕾絲的說法。

「這樣我這一個月到底是為了什麼！」

仔細想想，莉莎這一個月為了打探我的情報，甚至不惜擔任王太子殿下的護衛。

她不僅因為在那時候被某人當成「老女人」，而氣到把對方凍結起來，導致被王太子殿下疏遠，之後也是只要一有空，就纏著我打探情報，害她這一個月都沒有好好工作。

「這關本宮什麼事。妳這一個月想做什麼，是妳自己的事情吧。」

泰蕾絲表示就算莉莎這一個月過得很辛苦，也完全不關她的事。

「如果妳真的那麼閒，為什麼不去魔之森狩獵呢？」

莉莎現在幾乎不可能有辦法越過我家的重重警戒，到我身邊打探我的祕密。

泰蕾絲毫不留情地指出莉莎的問題，並勸她不如去狩獵賺錢。

「雖然那樣確實就能賺錢……但既然妳輸了，就應該告訴我魔力的祕密！」

莉莎還是不肯放過泰蕾絲，但導師和布蘭塔克先生出面阻止。

「莉莎，泰蕾絲大人是帝國託我們幫忙照顧的重要客人。如果她出了什麼事，可是會演變成外交問題。」

「若事情變成那樣，妳將會被追究責任喔！」

「唔……」

莉莎也不是笨蛋，所以在聽了布蘭塔克先生和導師的忠告後，就乖乖讓步了。

「既然如此，卡琪雅！」

「咦？我嗎？」

「我原本就是因為發現妳的魔力增加，才會開始在意這件事！而且妳的魔力在這一個月裡，又再度增加了吧！」

「被發現了！」

「別小看我！妳的魔法可是我教的！快說！為什麼妳的魔力增加了？」

「……」

因為艾莉絲她們已經懷孕，而且我又不能獨厚泰蕾絲，必須平等地對待所有妻子，所以才會造成這種結果。

卡琪雅的魔力量現在也已經成長到中級接近上級的程度，雖然一部分是因為害羞，但她根本就無法說出原因。

「告訴我！」

「就算是大姊頭也不能說。」

「啊？不能說！這表示真的有什麼驚人的祕密吧！」

「糟了！」

卡琪雅稍微說溜了嘴，莉莎本來還想繼續逼問，但我立刻介入兩人之間。

「卡琪雅可是我鮑麥斯特伯爵的妻子。妳這樣未免太沒禮貌了。」

「老公……」

「卡琪雅，妳沒事吧？」

「嗯。」

看來我介入得正是時候，卡琪雅並沒有受到傷害。

真是太好了。

「唔！居然來這招！但我無法接受！」

莉莎表示她要繼續監視我，直到找出魔力增加的原因。

艾莉絲她們好不容易懷孕，這樣對胎教實在不太好，於是我決定使出最後的手段。

「既然如此，就換我來跟妳決鬥吧。如果我贏了，妳就要乖乖祝賀弟子結婚，然後離開這裡。如果我輸了，就告訴妳魔力增加的祕密。」

「我接受你的挑戰！我也算是個經驗豐富的魔法師。就算是鮑麥斯特伯爵，也別想輕易戰勝我。」

在經過各種迂迴曲折後，最後我還是被迫得和莉莎決鬥。

「伯爵大人，雖然我不認為你會輸，但你打算怎麼戰鬥？」

「這部分就只能臨機應變了。」

為了公平起見，我們等隔天莉莎的疲勞消除、魔力恢復後，才開始進行決鬥。

地點和昨天一樣是在預定開發成住宅區的地區，也就是莉莎與泰蕾絲決鬥的草原。

雖然巨大的火魔法和冰魔法碰撞時產生的大量水蒸氣，讓這裡的草都開始枯萎了，但反正開發時會全部割掉，所以不需要在意。

在戰鬥開始前，負責主持這場決鬥的布蘭塔克先生，問我打算如何和莉莎對抗。

「既然對手是暴風雪，不如就用大火力迎擊怎麼樣？」

「還是別這麼做比較好。」

「為什麼？」

「因為水蒸氣會害觀眾看不清楚。」

「就因為這種理由？」

布蘭塔克先生表示雖然這招不是沒有效果，但會影響觀戰。

「如果觀眾不用『魔法障壁』防禦，可能會被水蒸氣燙傷，這可是件重要的事情。」

「布蘭塔克大人說的沒錯。在下也不想因為煙霧瀰漫，而看不清楚決鬥！」

導師也跟著警告我，這樣我就只能用其他手段對付莉莎了。

他們這麼做，有一部分也是為了教育我魔法吧？

雖然這算是很大的讓步，但他們大概認為就算這樣我也不會輸。

「我當魔法師已經很久了，不可能輸給年紀比自己小的人。」

「具體來說，就是不會輸給比自己小一輪，年紀大約只有自己一半的小鬼的意思嗎？」

「鮑麥斯特伯爵，我把你凍起來喔！」

果然年齡是莉莎的禁忌，但我說的都是事實。

我今年十七歲，莉莎則是二十九，所以我確實比她小一輪。

唯一失算的一點，就是即使我的挑釁惹怒了莉莎，她還是沒有露出破綻。

就算表面生氣，內心依然保持冷靜。

不愧是暴風雪莉莎。

「那麼，決鬥開始。」

布蘭塔克先生一喊出這句話，導師就朝上空發出火球，當成決鬥開始的信號。

發完信號後，兩人就移動到前來觀戰的艾莉絲他們旁邊。

這麼做，是為了防止他們被我與莉莎的決鬥波及吧。

「如果殺了你會引發問題，所以我要把你冰到不能動！」

莉莎先發制人。

我周圍的溫度立刻開始下降。

我看向腳邊，發現開始枯萎的草和地面已經被霜覆蓋，我的長袍表面也結了一層薄冰。

這樣下去不到幾秒鐘，我就會被凍住。

「不愧是擁有外號的冒險者。」

我立刻用火系統的魔法提高自己與周圍的溫度，融解長袍表面的冰。

周圍逐漸變暖，寒意也立刻消退。

「（換我反擊了。）」

這次換我反過來對莉莎使出相似的冰魔法。

師傅以前說過，只要用相同的魔法反擊，就可能讓對手動搖。

莉莎與她周圍的溫度逐漸下降，她的衣服和裝備表面也開始結冰。

「居然用冰攻擊我這個擁有暴風雪外號的魔法師，你也未免太小看我了！」

「只要能贏就沒問題。有沒有小看對手都無所謂吧。」

「可惡！威力比想像中還要強……」

與昨天的決鬥不同的是，我和莉莎的決鬥在視覺方面非常單調。

表面上看起來，我們只是互相對峙動也不動。畢竟我們只是在互相降低彼此的溫度，打算將對方凍起來。

我們在設法凍住對方的同時，也持續融解自己身上的冰。

看在不會魔法的人眼裡，應該非常無趣吧。

「雖然看在會魔法的人眼裡，這是相當高水準的戰鬥……」

戰。

「剛學會魔法的本宮，倒是覺得非常無趣……」

「泰蕾絲小姐，雖然乍看之下雙方都沒什麼變化，但其實他們已經消耗了大量的魔力。」

「原來如此。」

為了凍結對手，我們彼此都消耗了大量魔力，同時還得用魔力防止自己凍結。

卡特琳娜向觀眾說明，因為這樣要同時使用兩種完全相反的魔法，所以算是相當高水準的魔法

「這樣會沒完沒了吧。」

「考慮到魔力有限，應該是不會拖太久。」

「只要繼續維持現狀，威爾大人就會贏。」

「我也這麼覺得。」

薇爾瑪和露易絲的預測是對的。

如果我們繼續像這樣使用單調的魔法攻擊彼此，魔力量較少的莉莎會先耗盡魔力。

雖然最後也會結束得很無趣，但如果雙方都使出大威力的魔法，或許會造成事故，也可能會波及到周圍的人。

為了避免發生那種情況，我必須用這種樸素的方式進行決鬥。

「可惡！」

這樣的展開，讓莉莎開始焦慮了。

她知道就算現在勉強使出大規模魔法也沒用，只會害自己提早耗盡魔力，不過這樣下去，自己還是會因為魔力耗盡而落敗。

「我本來還以為你是個只會施展一些大魔法的小鬼……」

我作為魔法師的經驗，確實沒有莉莎那麼豐富，但我曾經被捲入內亂，冒著生命危險和師傅戰鬥，所以也算是經歷了不少磨練。

真希望她接受決鬥時，也有考慮到這些要素。

「妳可以使出妳擅長的暴風雪魔法喔。」

「……」

再來只要繼續維持這個狀態就行了。

我不需要焦急地使出攻擊魔法，只要繼續等待就能獲勝。

不管莉莎再怎麼努力，最後都是她的魔力會先耗盡。

「這傢伙明明是個小鬼……卻沒有急著發動攻擊……」

「這都要感謝在內亂中獲得的經驗。」

雖然這也是原因之一，但主要還是因為我的精神年齡已經將近四十歲了。

我應該……算比莉莎老練吧？

「不過，就這樣結束實在太無趣了……」

對手是實力與名聲兼備的魔法師。

她或許會無法接受我用這種方式取勝。

不對，或許我有必要展現壓倒性的實力差距……徹底粉碎她的敵意，讓她再也不敢來打探我的祕密。

既然如此，就得使用她擅長的冰魔法。

其實這算是水系統與風系統的合成魔法，她似乎是參考自然現象，經過仔細研究後，才將這種魔法化為自己的武器。

如果我照樣模仿，一定沒有勝算，但我有一個能贏過她的要素。

「（那就是絕對零度的概念……）」

溫度是取決於粒子的振動，當粒子的振動停止時，就會達到絕對零度。

雖然我自己也不太懂自己在說什麼，但高中時的自然科學老師……還是物理老師？有在上課時說明過。

總而言之，我將莉莎的周圍變成絕對零度。

而且還要小心不能凍結她。

如果殺掉暴風雪莉莎這種等級的魔法師，不曉得王國之後會怎麼說我。

如果他們叫我做白工來填補損失，那我可是會受不了。

「我的魔力還有餘裕。」

「這個小鬼是怪物嗎？」

「我也是經歷了不少麻煩和辛苦，才讓魔力逐漸增加。」

是每天的鍛鍊，還有各式各樣的麻煩事，讓我的魔力逐漸增加。

「感覺不怎麼羨慕呢……只有魔力龐大這點讓人羨慕。」

就連和我決鬥的莉莎，都對我表示同情。

這段期間，我的「絕對零度」魔法逐漸壓過莉莎的「暖氣」魔法，讓她周圍約十公尺的範圍，變成絕對零度的環境。

「唔！」

「只要稍微動一下就會死喔。」

「什麼！」

我從地上撿起一根小樹枝，扔到絕對零度的區域，然後樹枝就像泡過液態氮的香蕉般硬化，我再試著用魔法扔了一顆小石子過去，結果凍結的樹枝瞬間粉碎。

「看來我滿適合用冰魔法的。」

看來前世在學校只拿三分（滿分五分）的理化知識，也能派上用場。

我順便又想到了另一個魔法。

「（命名為『液態氮』魔法。）」

壓縮空氣，將其化為液態氮……不對，因為無法獨立分離出氮氣，所以是「液態空氣」吧。

我憑空做出「液態空氣」滴落地面，讓碰到的岩石凍結。

再次用魔法扔了一顆小石子過去後，岩石也和樹枝一樣瞬間粉碎。
「如果妳能投降，就算是幫了我一個大忙喔？」
「可惡！虧我還被人稱作暴風雪莉莎……」
莉莎舉手投降後，我解除她周圍的絕對零度區域，贏得這場決鬥。
幸好莉莎很有實力，所以不會像新手那樣勉強進行沒有勝算的戰鬥。
但我在這裡犯了一個失誤。
因為彼此都很努力，所以我居然產生了想和她握手這種不符合我平常作風的想法，就這樣走向她，但其實她已經受到了很大的傷害。
雖然我並沒有直接對莉莎的身體施展魔法，但被絕對零度的冷空氣包圍的莉莎，還是必須持續用魔法溫暖自己的身體。
她當時似乎沒有餘力顧及衣服和裝備，所以等我解除絕對零度後才緊急加熱那些裝備……
劇烈的溫度變化，讓她的衣服與裝備脆弱地崩解。
莉莎本來也想展現成熟的態度和我握手，結果她身上的衣物全都變得破破爛爛掉落在地，在我面前變得一絲不掛。
「呀——！」
莉莎連忙蹲下，並發出意外像個普通女孩的慘叫。
然後，我因此得知一個不得了的祕密。

「下面……沒有長毛……」

「嗚哇──！」

莉莎在祕密被我發現後，開始像個孩子般大哭。

即使是難得的決鬥，只要一和我扯上關係，就無法有個嚴肅的結局。

＊　＊　＊

「今天看見了好多驚人的東西。」

「導師，真的有那麼多嗎？」

「沒錯。首先，是鮑麥斯特伯爵用來壓制暴風雪的冷空氣。」

那全都是多虧了我微妙的科學知識。

絕對零度，以及製造液態空氣都是如此。

無論再怎麼寒冷的地區，頂多也只會到負五十度左右，所以參考天氣想出魔法的莉莎，當然不可能贏得了我。

「再來，就是暴風雪莉莎居然發出那麼像女孩子的慘叫。」

幸好莉莎離觀眾有段距離，所以沒被其他人看見裸體……

『布蘭塔克先生，不能看喔。』

『舅舅，請原諒我的無禮。』
『艾爾，雖然你應該想看，但不能看喔。』
伊娜、艾莉絲和薇爾瑪立刻就遮住他們的眼睛，所以他們才沒看見。
「（既然如此，那件事還是別說出來比較好……）」
所謂的那件事，就是莉莎底下沒長毛的事實。
「話說回來，她在那之後就變得莫名溫順呢……」
畢竟是那樣的狀況，女性成員們立刻將莉莎帶回家，在讓她洗了個澡後，替她準備衣服和熱瑪黛茶。
莉莎現在已經換掉之前那身華麗的衣服，再加上她剛洗完澡，所以連帶把那些讓她看起來很囂張的濃妝都洗掉了。
考慮到她的年齡，我本來還以為她沒化妝會很不妙，但其實她一卸妝，就變得相當娃娃臉。
看起來只比泰蕾絲稍微年長一點。
而且，她還不知為何變得莫名溫順。
現在從她身上完全感覺不到之前那種不協調的感覺。
莉莎小口喝著亞美莉大嫂幫她泡的茶，偶爾還會一臉愧疚地窺探我們的狀況。
「是我嚇到她了嗎？」
「不，我覺得她應該沒那麼容易被嚇到……」

就連比我還熟悉莉莎的布蘭塔克先生，都對她現在的態度感到困惑。

這到底是怎麼回事？

「卡琪雅，妳覺得呢？」

「呃，我也是第一次看見大姊頭這樣，所以和大家一樣覺得一頭霧水。」

「來，我烤了餅乾喔。」

亞美莉大嫂幫變安分的莉莎烤了餅乾。

「今天的餅乾加了巧克力脆片和水果乾喔。」

最近王都的點心店，也開始賣這種用魔之森產的食材製作的餅乾，並掀起一陣流行。

「好好吃。」

莉莎輕聲說完後，就開始像一隻小松鼠般啃著餅乾。

「看起來莫名可愛呢。」

「是啊，雖說化妝會讓女人變成另一個人……」

露易絲和伊娜，都用好奇的眼神觀察徹底變了一個人的莉莎。

明明化妝時是個性格非常強烈的美女，現在卻變成一個可愛的美女。

而且莉莎不知為何顯得有些害怕，導致她明明比我們年長，卻莫名地激起大家的保護慾望。

「這到底是怎麼回事？」

雖然我們完全搞不清楚狀況，但亞美莉大嫂巧妙地問出了原因。

是因為亞美莉大嫂非常熱心在照顧莉莎，所以讓莉莎對她敞開了心扉嗎？
莉莎輕聲地在亞美莉大嫂耳邊說明原因。
「原來如此……這樣啊……我知道了。」
聽完莉莎的解釋後，亞美莉大嫂開始向我們說明狀況。
「莉莎小姐如果不打扮成那樣，就會變得很怕生。」
亞美莉大嫂接著說明。
很久以前，在某個村子誕生了一個女孩，但那個女孩極度怕生。
尤其是面對男性的時候，除了親生父親和後來出生的弟弟以外，她幾乎沒和其他男性說過話。
話說回來，亞美莉大嫂。
真虧妳能問出這些事。
「即使得知自己擁有稀有的魔法才能，那個女孩還是改不掉怕生的毛病……」
莉莎非常煩惱，因為即便就這樣當上冒險者，她出社會後還是無法好好工作。
而且這樣下去，或許會無法結婚。
「於是，她開始靠誇張的化妝和服裝，扮演一位好強的女性。」
「也未免演得太好了。」
布蘭塔克先生至今都沒發現她是在演戲。
的確，與其說那是精湛的演技，不如說是一種自我催眠的能力。

「所以現在是因為換了衣服和卸了妝，才恢復成平常的樣子嗎？」

「好像是這樣。對吧？莉莎小姐。」

亞美莉大嫂一問，莉莎就輕輕地點頭。

那個樣子看起來非常可愛。

「真可愛。」

「是啊。」

泰蕾絲也贊同露易絲的感想。

尤其是泰蕾絲，她或許認為自己缺乏那種可愛。

「她的外表也年輕到不像快三十歲。本宮覺得她還是別化那種妝比較好。」

「……原來如此。泰蕾絲，莉莎小姐只要沒化妝，就無法和男性說話。」

「然而一化妝就會變成那種個性。真是難搞呢……」

兩種情況都過於偏頗，無法產生好的結果。

這樣確實是滿難搞的。

「……我知道了，威爾。」

「嗯，該不會是我做得太過火了？」

接著莉莎似乎又在亞美莉大嫂耳邊低聲說了什麼。

我以為她是在抱怨我和她的那場決鬥。

「不是啦，畢竟是決鬥，所以難免會發生意外，對吧？」

亞美莉大嫂一問，莉莎就再次可愛地點頭。

不過為什麼這個人只要沒有誇張的服裝和化妝，就沒辦法和男性說話啊？

這實在讓我納悶得不得了。

「比起這個，因為你在決鬥後看見了我的裸體，所以請你負起責任。」

亞美莉大嫂繼續幫莉莎轉達意思，然後做出震撼發言。

「啊，之前好像也有人對我說過一樣的話……」

「確實是這樣呢……」

曾經在浴室被我看見裸體的卡特琳娜，在想起這件事後低聲說道。

雖然在與暴風雪莉莎的決鬥中獲勝，但我又因此背負了新的難題。

個性好強的女魔法師莉莎，試圖打探自己過去的弟子卡琪雅，以及原本甚至不是魔法師的泰蕾絲魔力增強的祕密。

她擁有與其外號相符的實力，但仍在與我的決鬥中落敗，而她一失去那套華麗的服裝和濃妝，就突然變得非常溫順。

莉莎卸妝後，就再也沒提起魔力增強的事情。

她在變溫順的同時，也變得極度怕生，只要沒有誇張的服裝和濃妝，她甚至無法好好和男性說話。

結果莉莎就這樣住在我家，而且早上還會認真地陪我們進行魔法特訓。

她的魔法精密度，就連卡特琳娜都讚嘆不已。

和一開始給人的印象不同，她對練習魔法這件事非常認真。

現在只剩下一個問題。

「我和妳已經認識十五年了吧！」

莉莎突然變成膽小型美女，所以不擅長應對看起來有點像壞老頭的布蘭塔克先生。

她只要一看見布蘭塔克先生，就會躲到別人的背後。

「妳之前讓我教魔法時，不是表現得更加囂張嗎？」

布蘭塔克先生一生氣，莉莎就害怕地躲到卡特琳娜背後。

雖然莉莎每天都是這個樣子，但女性成員們反而因此不再討厭她了。

畢竟她現在的性格，比之前那種傲慢的樣子要好太多了。

「快換回以前的打扮啦。」

「……原來如此……莉莎小姐似乎希望能用現在的樣子正常與男性說話。」

面對布蘭塔克先生的要求，莉莎小聲地拜託卡特琳娜幫她回答。

看來她無法直接和身為男性的布蘭塔克先生對話。

「真的有可能嗎？」

「布蘭塔克先生，這種事情需要時間吧？」

「唉，既然伯爵大人允許她留在這裡，那我也無權插嘴……」

「……她好像很感謝威德林先生。」

「那真是謝啦……」

諷刺的是，在家裡的男性成員當中，莉莎最親近的人就是我。

雖然她還是必須透過其他女性成員才能和我對話，但就算和我對上眼，也不會怕得別開視線。

至於艾爾和導師，則是一開始就讓她害怕得不得了。

「嗯——真是個麻煩的人……」

艾爾因為自己也被迴避，所以不太想再管這件事。

「感覺這樣下去會產生許多問題……」

「只能慢慢習慣了吧？」

艾爾的意見雖然普通，但也最為確實。

「不如多和她一起出門幾次，讓她習慣怎麼樣？」

在艾爾的建議下，我們前往王都。

正常來想，這應該算是約會，但莉莎現在根本無法單獨和我一起行動。

再加上其他各種因素，最後是我、莉莎、卡琪雅、泰蕾絲和亞美莉大嫂一起前往王都。

「這已經不能算是約會了吧。」

「我是代言人嗎？雖然我是很高興能去王都。」

莉莎不肯離開亞美莉大嫂身邊。

在我有生之年，真的有可能單獨和莉莎約會嗎？

這實在是個有趣的問題。

「唉，貴族的少爺或千金，本來就沒什麼機會單獨和情人約會吧。下級貴族倒是還有可能。」

泰蕾絲這段話，勾起了我的回憶。

這麼說來，我以前第一次和艾莉絲約會時，除了賽巴斯汀以外，還有好幾名護衛隨行。

雖然那些護衛努力不讓我們注意到他們的存在，但他們一定是霍恩海姆樞機主教派來的吧。

「艾莉絲她們懷孕了，用『瞬間移動』有點危險，薇爾瑪要留下來照顧艾莉絲她們，所以這次的成員都是比較後來才成為威德林的妻子，或是和他發展成那種關係的女性呢。」

雖然只有莉莎不是這樣，但不太清楚我的狀況的王都居民，都對我投以像在說「有個魔法師帶著好幾個女人出來約會耶」的視線。

泰蕾絲、卡琪雅和亞美莉大嫂絲毫不在意那些視線，莉莎則是根本沒有那種餘裕，所以表現得非常安分。

「不管怎樣，今天都是休假。威德林，你要好好陪伴本宮、卡琪雅和亞美莉喔。」

「泰蕾絲真有決斷力。」

「這是菲利浦公爵時期養成的習慣。即使想到了好主意，如果不下決斷實際執行，就沒有意義。」

「雖然是這樣沒錯，但我每次當機立斷都會犯下失誤。」

「今天只是來王都觀光，所以不用擔心啦。」

三人開心地聊天，雖然我覺得自己沒有休息到，但還是帶著三人與躲在亞美莉大嫂背後的莉莎一起參觀王都。

話雖如此，既然有四位女性在，主要的行程當然還是逛街和購物。

「儘管鮑爾柏格的店家商品種類也不少，但果然還是比不上一國的首都呢。」

泰蕾絲在商業區的服飾店挑了許多衣服……然後放在這次也一起同行的卡琪雅身上比較。

「泰蕾絲，不用幫我買衣服啦。」

「這怎麼行。妳買便服都只看是否方便行動，本宮覺得這樣不太好喔。」

「我也這麼認為。機會難得，就多買幾件衣服吧。」

「我知道了啦……」

卡琪雅不情不願地答應。

泰蕾絲說的沒錯，卡琪雅的衣服很少。

她只有冒險者裝備，以及出嫁時，老家替她準備的那些符合貴族妻子身分的外出服。

再來就只剩下樸素又方便行動的衣服。

我覺得她現在仍深受以前在老家——在奧伊倫貝爾格家生活時的習慣影響。

「又沒有人會因此困擾。」

「笨蛋，妳現在已經是威德林的妻子，所以私人時間穿的衣服當然也不能太差。」

泰蕾絲開始對卡琪雅說教，要她穿與自己身分相符的衣服。

即使本人不在意，卡琪雅的服裝還是可能害我被別人指責或侮辱。

「既然已經成了貴族的妻子，就乖乖放棄好好打扮吧。」

「我知道了啦……」

卡琪雅不情願地答應，相較於講話的語氣，她本人長得非常漂亮，所以不管穿什麼都很好看。

「還有啊，如果我們不多消費，底下的人就賺不到錢了吧？雖然不能浪費到傾家蕩產，但稍微花點錢，也算是為底下的人著想啊。」

泰蕾絲果然遠比我們熟悉這種貴族的常識。

因為她天生就是個貴族。

「我知道了啦，但我好歹比大姊頭好吧。畢竟大姊頭除了那套誇張的服裝以外，就沒有其他衣服了。」

莉莎如果不穿那套誇張的衣服，就無法與人溝通，所以她私底下也都是打扮成那樣。

其實她現在穿的衣服，也是跟身材和她差不多的卡特琳娜借來的。

「所以本宮和亞美莉才來幫忙選啊。」

泰蕾絲和亞美莉大嫂拿了許多衣服讓莉莎試穿。

「威爾，妳覺得莉莎小姐穿這件怎麼樣？」

「我覺得很好看。」

亞美莉大嫂的品味也很好，她幫莉莎挑了一件不像以前那樣搶眼的服裝，將莉莎打扮成一個穩重的大姊姊。

亞美莉大嫂似乎很懂穿搭。

「莉莎小姐，這套衣服很適合妳喔。」

亞美莉大嫂一稱讚莉莎，後者就害羞地稍微低下頭。

看來如果沒有亞美莉大嫂轉達，莉莎還是沒辦法和我對話。

現在日常生活主要都是麻煩亞美莉大嫂，進行魔法修練時則是麻煩卡特琳娜轉達。

「還必須挑選其他搭配呢。」

三位女性都遵從亞美莉大嫂的指示，開始挑選衣服。

一旦變成這種情況，我這個男人就沒事做了。

我對衣服沒什麼執著，但當上伯爵後，就會有人擅自幫我準備衣服。

這裡是女裝店，所以我只能看著她們四個人挑衣服，在她們試穿後幫忙給意見。

「我覺得很好看。」

「威德林，你真的需要多磨練稱讚女性的詞彙。」

我只會說好看和不好看，所以被泰蕾絲嫌棄詞彙太過貧乏。

不過要求我做那麼困難的事情，也只會讓我覺得困擾。

「啊啊，妳看起來就像薔薇般楚楚可憐。」
「感覺好冷……」
我好不容易鼓起勇氣，泰蕾絲卻將我評得一文不值。
「是泰蕾絲自己說我的詞彙太貧乏！」
「又不是只要有說就好。」
「唔……我之後是不是該去請教埃里希哥哥？」
「聽說你哥哥是個很有品味的人。」
我的努力最後還是白費了，購物行程就這樣順利結束。
雖然大家都說要自己出錢，但像我這樣的名人，還是得在意周遭的眼光。
我用金幣支付全額。
負責接待的服飾店老闆，顯然感到非常開心。
我們似乎算是出手相當大方的客人。
「謝謝惠顧。」
走出店裡時，已經快到吃午餐的時間。
我的肚子也餓了。
「那麼，差不多該去吃飯……」
「威德林，還沒有結束喔。」

「「妳說什麼——！」」

「居然連卡琪雅也這樣……」

明明光是第一間服飾店，就逛了兩個多小時，泰蕾絲卻說購物行程還沒結束。

我和卡琪雅同時發出慘叫，姑且不論我，卡琪雅應該會受不了吧。

「威爾，再來還要買內衣、首飾和鞋子吧？」

亞美莉大嫂和泰蕾絲意見一致。

她也說購物行程還沒結束。

「老公，我也想吃飯了……」

「卡琪雅，因為也要買妳的東西，所以妳不准跑。」

「怎麼這樣——」

我和卡琪雅的願望落空，之後我們連跑好幾間店，花了超過四個小時購物。

「已經這麼晚啦……我要求吃午餐和點心！」

「我也是！」

因為陪泰蕾絲和亞美莉大嫂長時間購物，現在早就過了午餐時間。

到了下午茶時間，我和卡琪雅一同哀求她們讓我們吃東西。

「你們還真是有默契呢。」

我和卡琪雅都是出生在不像貴族的貴族家，所以在行動模式與喜好方面有許多共通點。
我們都重視冒險者裝備、不在意便服，並且喜歡美味的食物。
「莉莎小姐好像也想吃東西。」
莉莎靜靜地贊同我和卡琪雅的意見。
這樣就過半數了。
想去吃東西的意見占優勢。
「本宮本來就沒說不去吃東西。」
泰蕾絲似乎也肚子餓了。
我提議去吃飯時，她沒有反對。
「那麼，該去吃什麼好呢？」
「肉！」
「卡琪雅，妳也太不像個年輕女孩了……」
卡琪雅在大庭廣眾下大聲說想吃肉，讓泰蕾絲頓時傻眼。
雖然我也不討厭肉……啊，是因為導師平常也是這個樣子吧。
不過卡琪雅並不像導師那麼會吃，而且我也覺得不用在意他人眼光，吃自己喜歡的食物比較重要。
「亞美莉大嫂和莉莎想吃什麼？」

我是男性，所以打算讓女性決定吃什麼。

「這個嘛……因為就快吃晚餐了，所以我想吃分量少一點的東西。莉莎小姐好像想吃甜食。」

甜食啊……

真像是普通女性會有的反應。

「那麼……」

這時候還是打安全牌，去高級一點的餐廳吧。

那裡的菜單比較充實，甜點的種類也很多。

現在已過午餐時間，餐廳裡的客人並不多，我姑且算是個名人，所以就選了位於深處的包廂。

跟服務生點完菜後過了約三十分鐘，我們點的料理陸續送到。

「這牛排看起來真好吃。」

「卡琪雅，妳吃那麼多沒問題嗎？」

「泰蕾絲才是都不會餓嗎？我最近食量增加了，但體重反而下降了一點。」

「這是因為妳的魔力提升了。」

魔法師消耗的熱量與消耗的魔力成正比，所以食量通常很大。

卡琪雅的魔力提升後，用魔法時消耗的熱量也跟著增加了。

「呃，本宮也知道這件事。而且最近的食量確實是比以前大了一點。」

泰蕾絲點了魚料理、沙拉和麵包。

雖然是一般人的量，但泰蕾絲在成為魔法師前就吃不多，所以她的食量確實增加了。

「最近穿衣服時，覺得變得有點鬆，果然本宮瘦啦。」

「真好……原來當魔法師還有這種優點。」

「亞美莉，妳胖了嗎？」

「我可是很努力在維持現狀。自從搬到鮑麥斯特伯爵家後，伙食就變好，但運動量反而變少了。」

亞美莉大嫂羨慕地看向變瘦的卡琪雅和泰蕾絲。

減肥對女性來說似乎是永遠的課題，但她以前可能不需要擔心這個問題。

畢竟說到粗食和運動量，以前的鮑麥斯特騎士爵家在王國的貴族領地當中，算是有頂級的水準。

「這表示莉莎小姐就算把這些甜點全部吃光，也不會有問題吧……」

莉莎配著紅茶，津津有味地吃著聖代、蛋糕套餐和可麗餅。

她點的量，多到連我看了都覺得有點噁心。

「原來大姊頭也會吃甜食啊。」

「咦？我聽說她很愛吃甜食耶。」

雖然亞美莉大嫂現在就像是莉莎的代言人，但沒有其他男性在時，她也會和莉莎聊天。

因此她似乎從莉莎那裡聽說了許多事情。

「咦？可是她每次帶我去吃飯時……」

據卡琪雅所言，莉莎每次約她出來吃飯時，幾乎都是直接去酒吧，而且莉莎只喝酒精濃度很高的蒸餾酒，搭配重口味的下酒菜。
「她說那也是為了維持那個打扮和言行，所必要的演技。」
亞美莉大嫂似乎深受莉莎信賴。
她甚至能立刻代替本人回答卡琪雅的疑問。
「只靠演技，就能用大杯子喝下二十杯以上的烈酒啊……」
「雖然她不是很喜歡喝酒，但好像就算喝了也不怎麼會醉。」
我覺得不怎麼喜歡喝酒還能喝這麼多也很厲害。
不過莉莎確實正津津有味地吃著甜點。
「感覺大姊頭變得跟我印象中完全不一樣，像是初次見面的人。」
就連原本和莉莎非常親密的卡琪雅，都變得和布蘭塔克先生一樣，對莉莎的變化感到非常困惑。
「唉，反正不管哪一邊都還是大姊頭。我要加點一份牛排！」
卡琪雅不怎麼在意那些瑣碎的小事。
她馬上轉換心情，加點了一份牛排。
「真會吃。」
「因為肉很好吃啊。」
「本宮也認同肉很好吃，但還是吃不了那麼多。」
用完餐後，我們幫看家的艾莉絲她們買了些土產，然後就打道回府。

雖然莉莎還是無法直接跟我說話，但亞美莉大嫂、卡琪雅和泰蕾絲也有一起出門，讓我覺得度過了一個充實的假日。

「你說什麼？她很會喝酒這點也是演技啊！」

在那場團體約會的幾天後，有事來到我家的布蘭塔克先生，一聽說莉莎其實不愛喝酒，就驚訝得瞪大眼睛。

布蘭塔克先生似乎完全沒想到她只是酒量好，但其實並不喜歡喝酒。

「她好像認為作為一個冒險者，會喝酒比較不會被人瞧不起。」

亞美莉大嫂再次忠實地幫忙轉達。

「是這樣沒錯啦。有一些惡質的傢伙，只要看見男冒險者或女冒險者吃甜食，就會跑去鬧事說『只有女人和小孩才會吃那種東西』。」

「那種人通常都沒什麼實力。冒險者明明只要自由地生活就好。」

「薇爾瑪姑娘說的沒錯。真正有實力的人並不會在意那種事，但愈是半吊子的傢伙，愈是需要塑造那種狂野的形象。」

人都是先從外表看起。

所以才會有人豪邁地暢飲烈酒，企圖讓別人以為自己是有實力的冒險者。

再來就是為了給新人和後輩施壓吧？

感覺有點像是鄉下的不良少年。

「不過啊，女冒險者這麼做，只會讓男冒險者不想靠近而已。」

「真不公平。」

「這個嘛，畢竟愛喝酒的女冒險者，作為結婚對象實在有點微妙。」

「男人就沒關係嗎？」

「也有些男酒鬼老了以後身體出狀況，就這樣被老婆拋棄，然後淪落到貧民窟裡喔。」

「布蘭塔克先生也得小心呢。」

「是是是，露易絲姑娘說的沒錯……話說回來，我以前曾經跟莉莎吃過一次飯，她當時喝了超多酒呢。」

這裡的「以前」……應該是十多年前的事了吧……以前那些接受布蘭塔克先生指導的魔法師，似乎曾辦過一場謝師宴，莉莎當時也有參加。

莉莎在那場餐會上，一個人就喝光了超過二十大杯的蒸餾酒，讓布蘭塔克先生嚇了一跳。

「然後，她現在已經變得滴酒不沾啦……」

莉莎現在都不喝酒，只顧著享用點心時間或餐後上的甜點。

平常喝的飲料也改成紅茶。

「畢竟在這裡不需要死撐面子。」

「原來如此。女魔法師想保持強硬的形象也不容易呢。」

「布蘭塔克先生倒是只要隨心所欲地喝酒，就能維持形象呢。」

「我喝酒時本來就不會在意別人的視線。」

布蘭塔克先生告訴露易絲，自己只是單純喜歡喝酒。

「唉，這不是件好事嗎？勉強自己喝不喜歡的酒，對酒來說也是一種汙衊。」

愛酒成痴的布蘭塔克先生，似乎並不贊成討厭酒的人喝酒。

「這樣會害我能喝的酒變少。」

「我就知道你會這麼說。」

只是他的理由完全是為了自己，讓伊娜傻眼地如此回答。

「我本來還以為布蘭塔克先生會對莉莎說『我比較能喝，來一決勝負吧！』呢。」

「喂，伯爵大人，我又不是導師。」

說完這句話後，布蘭塔克先生似乎想起一件重要的事情。

那就是導師今天也會來鮑麥斯特伯爵領地。

然後，我們才剛提起導師，他就以猛烈的氣勢走進房間。

「有趣，聽說暴風雪莉莎的酒量比在下還要好！」

「布蘭塔克先生……」

「不小心說溜嘴了……」

導師經常因為一些無聊的原因意氣用事。

他吃飯時常向薇爾瑪發起挑戰，在自己輸掉後又覺得不甘心。

這次莉莎很會喝酒的事實，似乎也激起了他的競爭心。

「暴風雪莉莎！跟在下一決勝負吧！」

導師突然向莉莎發起挑戰，但莉莎與其說是不擅長應付導師，不如說是不擅長應付像導師那種類型的男性。

她馬上就躲到亞美莉大嫂背後。

「舅舅，比拚酒量實在太危險了。請您別這樣。」

作為正常人的艾莉絲一聽見，就立刻跳出來阻止。

在這個世界，也有人因為飲酒過度引發急性酒精中毒而喪命。

艾莉絲是個具備醫學知識的治癒魔法師，所以當然無法接受比拚酒量這種事。

「不，這場比賽關係到在下的自尊！」

雖然我不曉得酒量和自尊有什麼關係，但這對導師來說似乎很重要。

他完全不肯聽艾莉絲的諫言。

「看來不實際比一場，導師是不會罷休的喔？」

「都怪布蘭塔克先生說了奇怪的話……」

「哎呀，對不起啦，話說我犯的錯有那麼嚴重嗎？」

結果無奈之下，導師和莉莎的飲酒對決就這麼開始了。

「莉莎，真的很不好意思。」

導師堅持與莉莎比拚酒量，但不知為何是由我來道歉。

不過我們強迫不愛喝酒的人喝酒也是事實，所以我只好坦率地道歉。

就算讓布蘭塔克先生道歉，也只會害莉莎躲起來，導師也一樣……我們又不能等比賽結束後才道歉……既然艾爾也不行，就只能派我上了。

「我不介意。」

「咦？為什麼？」

莉莎接受了導師的挑戰，但並沒有特別生氣。

我一問原因，擔任轉達的亞美莉大嫂就幫忙說明：

「因為是為了將來的老公。」

「（唔呃！）」

因為是我這個未來老公的請求，所以她才會答應。

都怪導師，感覺我愈來愈無路可逃了。

該不會導師是故意提出挑戰……應該不可能吧。

「只要妳別太勉強自己就好。」

「放心，我會贏的。」

莉莎看起來自信滿滿，透過亞美莉大嫂表示自己不會輸給導師。

「噗！妳的那股自信，也只到今天為止了！」

導師之所以敢主動提出挑戰，是因為他的酒量也很好。

就連布蘭塔克先生都不是他的對手，而這也是食量輸給薇爾瑪的導師，引以為傲的一項能力。

「威爾大人，酒的味道好重……」

我們替這場決鬥準備了大量的烈酒，但一開瓶後，酒精的味道就擴散開來。

對味道非常敏感的薇爾瑪，連忙用雙手摀住自己的鼻子。

「薇爾瑪很討厭酒呢。」

「因為不好喝，所以討厭。」

薇爾瑪不喜歡酒。

就連乾杯時的餐前酒，都絕對只喝一口。

「好多酒瓶……是泰蕾絲準備的嗎？」

「這是本宮的故鄉，菲利浦公爵領地特產的阿夸維特。伊娜要喝嗎？」

「我懷孕了，所以不能喝酒。」

「說得也是。抱歉啦。」

阿夸維特是一種用馬鈴薯製成的蒸餾酒，是盛產馬鈴薯的菲利浦公爵領地的特產。

也因為那裡氣候寒冷，這種酒的酒精濃度可是超過四十度。

「比賽喝這種酒，然後喝得比較多的人獲勝嗎？我也不喜歡這種味道呢……」

露易絲平常也和薇爾瑪一樣，幾乎不喝酒。

伊娜的酒量不差，但平常也不喝酒。

我很少喝酒，所以其他妻子們也都配合我的習慣。

「請千萬不要勉強。如果覺得不舒服，請馬上告訴我，我會施展『解毒』。」

拗不過導師的艾莉絲，負責擔任醫護人員。

艾莉絲也曾經因為喝醉酒而引發騷動，所以平常可說是滴酒不沾。

對她來說，酒只是料理和點心的材料。

「味道好重……」

「卡特琳娜會喝酒嗎？」

「會是會，但平常很少喝。卡琪雅小姐呢？」

「我也差不多是這樣。大概只有餐會或喜慶時才會喝吧？」

因為觀眾都是固定班底，所以沒什麼緊張感，但決鬥所需的準備都完成了。

「雖然可以自由稀釋，但最後是看原酒的分量喔。」

「在下還以為布蘭塔克先生想說什麼，是男人就要直接灌下去！」

「呃……要不要稀釋酒，和性別沒關係吧……」

雖然很少有人會直接喝這種烈酒，但這對導師來說，似乎是件很普通的事。

他連杯子都沒準備，打算直接用灌的。

相較之下，莉莎則是用魔法做了一個冰酒杯。

她似乎打算加冰塊喝。

「泰蕾絲大人，比完後剩下的酒可以送我嗎？」

「布蘭塔克之前有協助本宮修練魔法，所以就算最後沒剩，本宮也會另外送一批給你。」

「哈哈哈！這裡可是有五十瓶沒稀釋過的酒。兩個人怎麼可能喝得完。」

臨時擔任裁判的布蘭塔克先生，笑著宣告比賽開始。

「嗯，喝起來很順口，是瓶好酒！」

比賽一開始，導師就豪邁地拿起裝了阿夸維特的大酒瓶，對著瓶口猛灌。

雖然感覺酒精濃度高到這種程度後，味道根本就不是重點，但導師像是覺得很好喝般，以猛烈的氣勢喝光了第一瓶。

莉莎則是把自製的冰塊加進杯子裡，靜靜地倒阿夸維特來喝。

她喝的速度並不快。

只是一直維持一定的速度，喝光杯子裡的酒。

「沒問題！」

「沒問題是很好啦，但這樣喝酒也太浪費了……」

布蘭塔克先生抱怨導師的喝法太浪費。

畢竟他是會慢慢享受喝酒樂趣的類型。
比賽才過了約十分鐘，導師已經喝光了五瓶酒。
他喝一瓶只需要兩分鐘，如果這是電視節目，應該已經打出「普通人請千萬不要模仿」的字幕了。
導師的臉變得有點紅，但看起來還不怎麼醉，喝的速度也沒變慢。
「莉莎那邊……」
莉莎也依然維持一定的節奏在喝。
她將酒倒進酒杯，慢慢地品嚐。
除此之外，她還會自己補充冰塊。
不愧是暴風雪莉莎，她似乎總是自己準備冰塊。
更厲害的是，莉莎的臉色一點都沒變。
雖然累積的量比導師少，但她仍以驚人的速度喝光了兩瓶。
「兩個人都是無底洞呢。」
「一般人根本無法模仿。」
兩人喝下的量，讓泰蕾絲和亞美莉大嫂都感到傻眼。
然後，比賽經過了一個小時……
「在下還能喝！」
儘管還很有精神，但就算是導師，喝的速度還是慢了下來。

他只有一開始能以兩分鐘一瓶的速度喝，現在總共只喝了二十瓶。

臉也變得愈來愈紅。

「這也是理所當然……」

他一個人就喝了二十瓶未稀釋的酒，光是這樣就已經夠像怪物了。

不過，導師還是繼續在喝。

這是因為……

「莉莎小姐，妳還好吧？」

面對亞美莉大嫂的問題，莉莎只是輕輕點頭。

她依然維持五分鐘喝完一瓶的步調，現在已經喝了十二瓶。

和導師不同的是，她依然面不改色，完全沒有喝醉的跡象。

雖然導師仍然領先，但莉莎的步調一直都很穩定，讓他產生了危機感。

不過，就算是導師也沒辦法繼續喝下去。

不需要艾莉絲阻止，他的手就已經停了下來。

兩小時後……

「啊啊……酒要被喝光了！」

「布蘭塔克，本宮會再另外送你一批，別哭了。又不是小孩子。」

「因為我根本沒想到會全部喝光啊！」

「本宮也沒想到啊，畢竟本宮可是準備了五十瓶。」

莉莎稍微加快了喝酒的速度。

她現在已經喝了二十四瓶半，雖然導師也努力奮戰，但他現在一小時只能喝兩瓶。

原本多達五十瓶的酒，已經快被喝完了，布蘭塔克先生感嘆自己收不到酒，讓泰蕾絲覺得非常受不了。

「唔喔——！這樣下去！」

當莉莎喝到第二十六瓶時，導師已經確定輸了。

雖然他急忙鼓起幹勁喝第二十三瓶，但就算還剩下更多酒，感覺莉莎還是能以相同的步調喝完。

大家都覺得導師原本就沒有勝算。

「完全不是同一個水準。這已經遠遠超過酒量不錯的等級了。」

不曉得是不是聽見了露易絲的發言？

導師勉強喝完第二十三瓶酒後，就到達了極限。

他沒有去拿第二十四瓶，臉也紅得像隻熟透的章魚。

因為看起來很好吃，所以如果拿去早上的市場賣，我或許會忍不住買下來。

如果真的把這些話說出口，感覺會被導師揍，所以我絕對不會說。

然後，莉莎這時候已經喝完了第二十六瓶。

「看來勝負已定。莉莎，已經夠了。」

我一開口，她就停止去拿第二十七瓶，並在稍微猶豫了一下後，將裝著阿夸維特的酒瓶遞給布蘭塔克先生。

「謝謝妳，莉莎——！」

不過是收到了一瓶酒，布蘭塔克先生就哭著向莉莎道謝。

「布蘭塔克先生……」

「幸好還有剩。」

「他看起來真的好高興。」

「因為等泰蕾絲大人另外調一批酒，要花很長的時間啊。」

「等一下又不會怎樣，又不是小孩子……」

「現成的酒才是最棒的啊！」

透過這場比賽，我們得知莉莎的酒量比我們想像中好，還有布蘭塔克先生對酒的態度，比我們想像中還要貪得無厭。

比賽結束後過了約三十分鐘，導師才靠喝水稍微恢復清醒。

「既然輸了，那也沒辦法！」

他的臉色已經恢復到只有一點點紅。

導師的肝臟一定和大型龍差不多強。

至於莉莎的酒量，則是好到無法理解。

「比賽結束後，肚子就餓了呢。」

雖然我們有吃午餐，但已經過了很久。

觀戰也很耗費能量，所以我想吃些點心。

「既然親愛的這麼說，我就來準備吧。」

艾莉絲端了事先烤好，用來當零食的香蕉派過來。

這種點心用了魔之森特產的香蕉，所以廣受各個年齡層歡迎，在鮑麥斯特伯爵領地內大為流行。

「看起來好好吃。導師要吃幾個？」

「呃，在下暫時不想吃東西……」

即使是導師，在喝了那麼多酒後，還是吃不下甜食。

「喝了那麼多酒，吃不下也很正常。莉莎要吃香蕉派嗎？也可以先幫妳留下來，晚點再吃……」

保險起見，我也問了莉莎，但她的回答讓我們大吃一驚。

「我喜歡甜食，所以請幫我切大塊一點。」

雖然是透過亞美莉大嫂轉達，但甜食對她來說，似乎是裝在另一個胃。

「是在下輸了……」

導師一聽，就難得沮喪地垂下肩膀。

第八話　奇怪的工作

今天鮑爾柏格最大的書店，會進我期待的小說新作。

其實這本小說的作家是住在王都，但幸虧鮑麥斯特伯爵領地的開發大有進展，現在不用特地跑去王都的書店也能買到。

我，伊娜·蘇珊·希倫布蘭德特地調整休假，早起到書店前面排隊。

『伊娜真的很喜歡書呢……』

雖然露易絲把我當成稀有人種看待，但興趣是閱讀的人並不罕見，所以我覺得她太誇張了。

她經常說自己只要看書超過三分鐘就會想睡，但真的有這種像故事裡的虛構角色的人嗎？

再怎麼說，三分鐘都太短了吧？

「幸好趕上了。」

如同預期，即使還沒開店，書店的入口已經有許多人在排隊。

不愧是人氣作品。

雖然店家應該進了很多本，但如果賣完的話，就必須等到下個進貨日。

即使要多花一點時間，還是好好排隊比較不會後悔。

「開店時間到了。想購買新作的人，請按照順序排隊。」
等了約一小時後，就到了開店的時間。
在書店店員的引導下，我們按照排隊順序買書。
「咦？進貨量好像比想像中還要少？」
這樣我可能會買不到。
雖然我開始感到不安……
「來，今天剛好到小姐妳就賣完了。」
太好了。
看來我剛好買到最後一本，付完錢後，我順利買到了新書。
「怎麼這樣……居然剛好買不到……」
「進貨量太少啦。果然還是以王都的書店為優先嗎？」
「真是的……去其他書店碰碰運氣好了……」
排在我後面的人都非常遺憾。
雖然有些人決定趕去其他書店，但應該要非常幸運才有機會買到書吧。
不過，我也沒辦法把書讓給其他人。
畢竟我是從很久以前就開始調整假日，才能來書店前面排隊。
身為鮑麥斯特伯爵的妻子，即使懷孕了，還是得協助威爾處理公務，所以比外人想像的還要忙碌。

「快點回去看吧。」

「不好意思。」

我帶著買好的書準備回家，這時候突然有人從後面叫住我。

「是的？」

我回頭一看，就發現一位俊美的好青年。

他的身高約一百八十五公分，長相就像個貴公子，爽朗的笑容也十分耀眼。

仔細一看，他的淡褐色頭髮也十分滑順，明顯經過細心保養，可見他應該是個貴族。

雖然他穿的衣服乍看之下很樸素，但素材和車工都很高級。

這表示他不是那種喜歡替衣服加上閃亮裝飾的沒品貴族。

布雷希洛德藩侯大人曾說過，像這種有品味的人才是「真正的貴族」。

不過，這種人找我有什麼事呢？

該不會是搭訕吧？

「美麗的小姐。我一看見妳的臉，就變得無法控制自己。」

咦咦！

真的是搭訕嗎？

不過，我已經有威爾了……而且還是個懷孕的有夫之婦……因為我的肚子還不明顯，所以也難怪他看不出來。
無論這個人長得再怎麼帥，我都不能接受他的搭訕。
「那個……請問你找我有什麼事？」
如果是搭訕，我一定要拒絕……話說這個人明明是貴族，為什麼要在威爾的領地搭訕呢？
居然在其他貴族的領地搭訕，難道他其實是個沒常識的怪人？
我稍微提高警覺。
「其實，我有件事情想拜託妳。」
「拜託我？」
這個人是貴族，所以或許是想利用這個身分，對我提出無理的要求。
雖然我覺得必須小心，但只要搬出威爾的名字，他應該就不會亂來。
明明他看起來就像個非常有常識的好青年。
既然出現在書店外面，表示這個人或許也和布雷希洛德藩侯大人一樣喜歡書。
該不會是想要我把剛才買的書讓給他吧？
「但我不確定能否滿足你的期待。」
我才不會讓出這本書。
絕對不會。
畢竟這是我辛苦排隊才買到的新書。

「這個嘛。可以的話，還是希望妳能答應。」

「請問你想拜託我什麼事？」

我等待眼前這位好青年貴族回答。

不曉得他想拜託我什麼事，光是等待就讓我十分緊張。

「其實我想請妳罵我。」

「什麼？」

我一瞬間無法理解這個好青年貴族在說什麼。

「所以說，我想請妳罵我。大概就像『都這把年紀了還搭訕？明明長得人模人樣，卻連個戀人或妻子都沒有嗎？你這個噁心豬貴族！』的感覺。」

「……」

「我想被像妳這樣的人盡情辱罵。拜託妳了。」

「咦咦──！」

從這個好青年貴族的外表，完全想不到他居然會說出這種話，害我顧不得周圍的狀況，直接在街上大喊出聲。

「發生了這樣的事情……」

我擺脫那個奇怪貴族回家後，馬上向威爾報告他的事情。

如果他也對其他女性提出一樣的要求，或許就得麻煩警備隊出動了。
我一說有個俊美的好青年貴族拜託我罵他，威爾就露出難以言喻的表情。
「真奇怪的搭訕方式……」
除此以外，威爾也不曉得該說什麼。
就連我也不曉得該怎麼處理這件事。
「感覺有點奇怪。那個人是個美男子吧？」
露易絲好奇地詢問那個貴族的外表。
那個人只要不說話，確實是個罕見的美男子。
但不管是什麼樣的女性，在聽了那段話後都會熱情全失吧。
「突然要別人罵他，就算其他方面都很完美，也不可能搭訕成功吧。」
「真是個怪人。難得長得這麼英俊，為什麼不正常地搭訕呢。」
「艾爾先生，在路上對不認識的女性搭話，實在太不檢點了。」
雖然我就知道艾爾會這麼說，但很可惜，他已經沒辦法再去搭訕了。
因為他身邊現在已經有了一個討厭這種事情的遙。
「那個人是貴族嗎？」
「從他的打扮來看，應該是吧。但為什麼他會出現在鮑爾柏格呢？」
如果是來找威爾的貴族，應該不會在街上搭訕，而是直接來家裡吧。

「其實我也和他一起來了。只是他似乎累積了一些壓力，才會先到街上散散心。」

就像是為了回答我的問題般，布雷希洛德藩侯大人和布蘭塔克先生出現了。

既然威爾不知道他們要來，表示他們和那位貴族是搭魔導飛行船來的吧？

「只是稍微轉換一下心情，來趟空中之旅而已。因為嘉蘭德男爵最近身心都非常疲憊……」

雖然三人與雙方的護衛原本是一起搭乘魔導飛行船，但抵達鮑爾柏格後就分開行動，並約好在這裡會合。

那個貴族就是在那時候找我搭話。

嘉蘭德男爵今年二十三歲，去年他的父親突然去世，所以才臨時繼承了男爵領地。

以男爵領地來說，他的領地似乎相當富裕。

「他和我一樣不懂武藝，但年紀輕輕，就將領地治理得非常好。我們個性相近，又是同一個沙龍的成員，所以他偶爾會來找我商量事情。」

貴族的交友關係，主要是透過宗主、附庸和姻親這三個管道，若是有領地的貴族，則大多是和鄰近的貴族來往。

雖然也有人因為爭奪特權和領地，而和鄰居水火不容。

再來還有一種分類。

那就是文官型和武官型。

雖然布雷希洛德藩侯大人不是在中央世襲官職的名譽貴族，但大家都知道他是個完全不懂武藝，擅長內政的人才。

我曾聽父親說過，布雷希洛德藩侯家代代的當家都不太擅長武藝。

所以才會重用我和露易絲的老家。

現任的布雷希洛德藩侯大人也不擅長武器，對這方面的事情也沒興趣。

所以他自然就跟同樣喜歡閱讀和寫詩的嘉蘭德男爵成了好朋友。

也就是所謂的同好。

這種同好算是跨越血緣、宗主、附庸和職務派閥等阻隔的交情，所以偶爾會成為不可小覷的人脈。

貴族的興趣，並非全部都是娛樂。

「雖然能明白這位嘉蘭德男爵大人是個喜愛文學的貴族，但請問這和要我罵他有什麼關係？」

「請人辱罵他的要求，和他文學方面的興趣沒什麼關係。真要說起來，應該是和他的受虐癖有關。」

「早知道就不要問了……」

乍看之下是個好青年的貴族，其實是個喜歡被女性辱罵的人。

這世界上有些事情還是不知道比較好。

「伊娜小姐，請聽我說。他從年輕時起，就吃了不少苦。」

雖然他現在也還很年輕。

「吃了不少苦？」

「是的，他已逝的父親從以前就體弱多病……」

嘉蘭德男爵領地的統治實權，早早就轉移到還未成年的年輕繼承人手上。

「雖然他很有才能，但才剛滿十歲就掌握了實權，開始獨自治理領地。」

我十歲的時候……光想就覺得壓力很大。

「我們參加了同一個文學作品的書評沙龍，所以他從成年以前，就經常找我商量事情。我也是在二十歲前就繼承爵位和領地，並因此吃了不少苦。所以我實在無法對有類似遭遇的他置之不理。」

在這樣的背景下，儘管布雷希洛德藩侯大人和嘉蘭德男爵的年齡有段差距，兩人還是成了好朋友。

「一個十幾歲的年輕人，必須一肩挑起超過兩萬名領民和家臣的生活。這樣壓力應該很大吧。」

「兩萬人啊……」

如果是我的話，或許會直接逃跑。

雖然不是貴族的人往往會羨慕貴族，但貴族有時候也很辛苦。

「他的情況，是因為自己將領地開發得非常成功，才使得財力與人口也隨之增加。儘管廣受領民們的支持，但為了回應他們的期待，他每天都累積了許多壓力。在貴族當中，也有一些不把人當人看的傲慢貴族對吧？」

我曾聽說有些貴族把領民看得比家畜還不如，並因此導致領民逃離領地或叛亂，最後被剝奪貴族的身分。

「雖然還要看父母的教育，以及本人的資質，但請妳試著想像看看，如果自己突然被迫領導數千或甚至數萬人，會發生什麼事。就算有些人因此迷失自己的立場也不奇怪吧。」

布雷希洛德藩侯大人的話，聽起來像是在抱怨，他應該也背負著和嘉蘭德男爵一樣的壓力吧。

「威爾再過幾年後也……」

威爾將來或許也會忙著統治眾多領民，每天過著為壓力所苦的生活。

「因為鮑麥斯特伯爵會使用魔法，所以感覺比較像是會被當成馬車的馬，就這樣操勞一輩子呢。」

畢竟羅德里希先生總是毫不留情地分派許多工作給威爾。

結果領地變得更加繁榮，領民們也更加支持威爾，然後又要繼續為領民們進行新的開發。

而這又讓領民們的支持變得更加穩固……不過威爾只有偶爾會藉由美食消除壓力，所以還是比嘉蘭德男爵好多了。

「唔哇……完全找不到否定的要素……」

「如果我是羅德里希先生，一定也會做出相同的事情。」

布雷希洛德藩侯大人道出殘酷的事實，讓威爾的表情瞬間扭曲。

在不同的意義上，威爾也很辛苦呢。

「鮑麥斯特伯爵的事情可以先放在一邊，現在的重點是嘉蘭德男爵。他在自己拚命治理領地的過程中，開始對眾多領民們毫不懷疑地跟隨自己這點感到恐懼。」

即使身分不同，領民們也同樣是人。

為什麼他們可以毫不懷疑地遵從自己的命令？

其實偶爾也可以抱怨一下……不過，嘉蘭德男爵當然無法對領民們這麼說。

嘉蘭德男爵愈想愈覺得恐怖，但告訴家臣們這件事，又會害他們感到不安。

他重新理解到自己是嘉蘭德男爵領地的領導者，為了避免誤入歧途，他偶爾會請女性辱罵他。

這好像就是他發洩壓力的方法。

「就像國王會在自己身邊安排一個小丑一樣嗎？」

我以前看過的故事裡，好像有這樣的劇情……

身為最高權力者的國王，為了避免迷失自己的定位，而刻意讓小丑批判自己。

這也是相同的道理吧？

「沒錯。雖然陛下的身邊也有個小丑，但絕對不會在我們面前現身……」

不能讓家人或家臣看見國王被小丑批判的樣子……或許也有因為「忠言逆耳」而被處刑的小丑存在也不一定？

「才不會有那麼笨的小丑呢。畢竟小丑在王國內也算是數一數二的精英。」

批判國王這種事。

不僅要言之有理，又不能惹國王生氣。

如果因為惹怒國王而被處死，不僅會讓自己的行動失去意義，還會被蓋上失職的烙印。

包含政治在內，小丑必須精通各個領域，在不惹惱國王的情況下進行批判。

如果能力不足，根本無法勝任這項職務。

「貴族很難在身邊安插一名小丑，所以只能摸索其他方法，嘉蘭德男爵的手法就是被女性辱罵。」

「為什麼是女性啊？」

「簡單來講，就是因為自己是男性吧。我就算被男人怒吼，也只會覺得不爽。而且既然要找女性，那當然是找年輕又漂亮的小姐比較好吧？」

就算尋求我的認同，也只會讓我感到困擾。

畢竟我從來沒接過罵人的工作。

「我是威爾的妻子，所以只要威爾許可……」

因為我是有夫之婦……雖然感覺沒什麼關係……但如果未經丈夫同意就辱罵其他貴族，之後或許會釀成問題。

「鮑麥斯特伯爵，你意下如何？」

「這世界真的什麼樣的人都有呢。或許我將來也會需要讓伊娜罵我來消除壓力，不如就來試試看吧？」

「咦？威爾也有那種興趣嗎？」

「沒有，我只是說說看而已。」

之前一直在旁邊靜靜聽我們對話的威爾，乾脆地答應了布雷希洛德藩侯大人的要求，甚至開始幫忙擬定罵人的草稿。

「你這個裝模作樣地擺出一副好青年的嘴臉，但其實最喜歡被人辱罵的變態男爵！像你這種擁有變態性癖的貴族……艾爾，你有沒有想到什麼能夠直擊對方內心的尖銳臺詞啊？」

「呃，讓我來想也太不敬了吧。」

艾爾一被威爾問到有沒有什麼罵人的好主意，就露出厭惡的表情。

大概是認為如果被發現是自己想的，或許會招致嘉蘭德男爵的怨恨吧。

「我會當成是我的提案，你也來幫忙想啦。」

「這個國家奇怪的貴族還真多。」

「帝國也差不多喔。」

艾爾才剛說完，泰蕾絲就立刻插嘴，表示帝國的貴族也半斤八兩。

雖然知道這件事，感覺也沒什麼好處。

「嘉蘭德男爵就快來了，快點幫忙想吧。」

威爾不知為何顯得幹勁十足，雖然應該不是在配合他，但原本和布雷希洛德藩侯大人分開行動的嘉蘭德男爵，正好就在這時候出現了。

他看起來果然還是像個好青年。

「妳是剛才那位……真是失敬，沒想到妳是鮑麥斯特伯爵大人的妻子。」
「不，請別放在心上。」
嘉蘭德男爵和我打完招呼後，馬上看向另一個人。
他的表情就像是發現了什麼寶藏一樣，緊盯著莉莎。
原來如此，居然會看上莉莎，看來嘉蘭德男爵徹頭徹尾地是個喜歡被辱罵的人。
即使莉莎現在打扮得不像之前那麼搶眼，他還是看穿了她的個性。
「妳很棒呢！」
「……」
話雖如此，莉莎誇張的濃妝和粗暴的語氣，都只是演技的一部分。
不過居然連莉莎擅長演戲這點都能看穿，該說真不愧是嘉蘭德男爵嗎……
莉莎現在沒有化妝，身上穿的也是普通的洋裝，所以被嘉蘭德男爵嚇得躲到亞美莉小姐背後。
「請妳也務必一起來罵我！」
「（雖然我能理解你的心情，但莉莎會答應嗎？）」
嘉蘭德男爵拚命拜託莉莎辱罵自己，莉莎則是躲到亞美莉小姐背後，怕到說不出話。
嘉蘭德男爵一出現，就讓狀況變得非常奇妙。
「我想請問一下，為什麼會選我呢？」

「因為我一在街上看見妳，內心馬上就起了反應。啊啊，我想被這個人用冰冷的視線辱罵。」

嘉蘭德男爵非常認真地回答我，但我實在不曉得該如何反應。

考慮到以後可能還會來往，威爾乾脆地答應讓我罵他。

威爾每次遇到這種狀況，都會用最保險的方式對應。

「哎呀，能先被伊娜小姐罵，再讓最厲害的莉莎小姐罵。真是太棒了。」

「咦咦……」

嘉蘭德男爵明明是個美男子兼好青年，卻因為期待被我和莉莎罵而露出恍惚的表情。

雖然感覺這毀了一切，但每個人的喜好本來就都不同。

反正就算提出忠告也沒用，如果能趁這個機會和嘉蘭德男爵家打好關係，對威爾也有幫助。

身為他的妻子，我當然不會吝於協助。

人就是像這樣長大的吧。

莉莎也為了恢復之前那個誇張的裝扮，暫時和亞美莉小姐一起離開房間。

雖然莉莎不是威爾的妻子，但目前仍受到威爾照顧。

這也算是為了回報食宿的恩情……真是討厭的恩情……

艾莉絲她們似乎因為沒被指名，而露出鬆了口氣的表情。

「雖然聖女大人生氣起來應該也很有看頭，但畢竟平常是個溫和的人，所以罵人時的緊張感會不太夠。至於露易絲小姐，罵人時就像個可愛的妹妹，這樣反而會有一種溫馨的感覺。」

先不管嘉蘭德男爵奇妙的評論，他開始說明起自己喜歡在什麼樣的情境下被罵。

他的表情非常認真，再次突顯出他是個帥哥，但因為是那樣的內容，所以反而更讓人感到遺憾。

真希望他能把那股熱情用在別的地方……

不過，他似乎是個很好的領主……

「那麼，拜託你們了。」

罵人的時間馬上就到了。

因為是由威爾負責主持，所以我只要遵從他的指示就行了。

「伊娜，妳都記下來了嗎？」

「嗯……」

「我不擅長快速背東西，所以果然還是伊娜比較適任。」

露易絲因為自己沒被指名，就表現得沾沾自喜……

我已經完美地記住威爾剛才拚命想出來的罵人臺詞。

如果看小抄，好像會破壞氣氛。

雖然嘉蘭德男爵本人並沒有提出這種要求，但他一聽見威爾這麼說，就稱讚威爾「鮑麥斯特伯爵大人還真是內行啊」。

威爾應該也很高興能被稱讚吧？

「那麼……」

「咦！為什麼要突然五體投地啊？」

「我接下來要被罵，如果表現得太囂張也很奇怪吧。」

嘉蘭德男爵一臉正經地說道。雖然他說得沒錯，但這讓我更加覺得可惜了這個人。

「要開始囉。」

我用剛背起來的臺詞，辱罵跪在地上的嘉蘭德男爵。

「雖然你平常總是裝成被領民仰慕的男爵，但背地裡其實是個會拜託別人辱罵自己，好滿足自己骯髒願望的下賤○屌狗！還是悲慘地跪在地上，開心地被我這種小姑娘辱罵，才最適合你這種渣男！」

儘管感覺臺詞有點短，但威爾表示這種臺詞並不是愈長就愈好。

除了罵人的臺詞以外，我還接受了冰冷視線和站姿的演技指導。

再來就是罵人時也有不能用的句子，這部分似乎是由布雷希洛德藩侯大人監修。

我個人是覺得隨便怎樣都好，但他真的有幫忙監修嗎？

「嘉蘭德男爵，你覺得怎麼樣？」

我突然感到有點在意，所以看向嘉蘭德男爵，他正看著地面輕輕顫抖。

「該不會不行吧？」

是不是因為我說了什麼不該說的詞彙？

我正感到擔心時，他突然起身握住我的雙手。

「好久沒有體會到這種發自身體深處的顫抖了。伊娜小姐，真是太感謝妳了！」
嘉蘭德男爵非常開心地向我道謝，但我不知為何高興不起來。
「哎呀，這個暖場真是太棒了！接下來終於輪到最棒的莉莎小姐了！」
再來輪到莉莎用以前的打扮辱罵嘉蘭德男爵，這讓他看起來滿心期待。
某方面來說，把我當成暖場的人應該是件非常失禮的事情，但我並不覺得生氣。
比起這個，感覺被當成壓軸的莉莎還比較辛苦。
她最近都沒打扮成以前的樣子，一直維持怕生又溫順的狀態，不曉得能不能馬上恢復以前的演技。
雖然莉莎是為了回報我們收留她的恩情，才答應接下這個工作，但如果她失敗了，感覺會有點可憐……
我原本是這麼想的，但看來這只是多餘的擔心。
因為莉莎已經換好衣服化好妝，以和我們第一次見面時相同的氣勢走進房間。
「喂，變態貴族，在嗎？」
「我在——！」
莉莎一走進房間，嘉蘭德男爵就歡喜地回答她的問題。
被叫變態貴族還覺得很高興……每個人的嗜好果然都不太一樣。
莉莎一看見嘉蘭德男爵跪在地上，就把腳踩在他的背上，用高跟鞋的鞋跟磨蹭，這樣真的沒關係嗎？

既然布雷希洛德藩侯大人什麼都沒說，就是沒問題吧……

「嘉蘭德男爵領地的人還真是可憐，居然要被你這種變態統治！喂，你這個變態貴族是怎麼想的？」

「是的！我也非常同情領民們，同情到都要流淚了！」

「你哭有什麼用啊！給我好好反省！你這個變態貴族！」

「是的！我會發自內心反省——！」

嘉蘭德男爵被莉莎辱罵時，看起來非常開心。

難怪我只能擔任暖場人員。

雖然我一點都不覺得不甘心……

接下來的十分鐘，莉莎一直在辱罵嘉蘭德男爵，他也一直表現得非常開心。

「真是太感謝各位了。」

或許是被我和莉莎罵過後，壓力都消散了，嘉蘭德男爵變回普通的好青年，瀟灑地離開這裡。

嘉蘭德男爵的壓力消散後，看起來就像個貴族中的貴族。

「即使不像嘉蘭德男爵或莉莎小姐那麼誇張，所有人都另外擁有不同的一面。重點應該是要有能夠包容這些的寬大內心吧。」

布雷希洛德藩侯大人試著用非常有哲理的話收尾，但看過那兩個極端的例子後，我實在無法表示贊同。

之後又過了一段時間，在辱罵方面大放異彩的莉莎，被捲入了出乎意料的麻煩。

「是嘉蘭德男爵介紹我來的。」

「這裡可以體驗到震撼人心的辱罵。」

「請罵我是『貪吃的豬』！」

「我是『軟弱的瘦皮猴』。」

「……」

看來嘉蘭德男爵有不少同好，他們全都跑來家裡，拜託莉莎像對嘉蘭德男爵那樣辱罵他們。

莉莎已經不想再做那種事，所以只能害怕地躲在亞美莉小姐背後。

「我們之前只是因為被布雷希洛德藩侯大人拜託，才接受嘉蘭德男爵的請求，並不打算讓這變成常態。如果各位私底下喜歡被年輕女孩罵，鄙人也不是沒有這方面的管道……」

「「「「請務必替我們介紹……」」」」

結果是羅德里希先生化解了這個危機。

「包含保鏢在內，鄙人也在風月場所有關的地方打過好幾份工……」

羅德里希先生以前四處流浪時，似乎也曾在專門為喜歡被欺負的男性提供服務的店裡打工，所以他透過人脈介紹其他女性給那些貴族，拯救了莉莎。

「原來還有那種店啊……」

「因為這世界什麼樣的人都有。」

羅德里希簡短地做出結論，至於被那些想挨罵的貴族嚇到的莉莎，則是依然躲在亞美莉小姐背後。

卷末附錄　女僕VS暴風雪

「多米妮克姊，妳覺得怎麼樣？」

「大概就這樣吧。不會太華麗，也不會太樸素，應該能讓艾爾文大人留下深刻的印象。關鍵在於表現出清純的感覺。」

今天是我第一次和艾爾文大人約會的日子。

我請正在休產假的多米妮克姊幫我確認今天的服裝。

雖然我覺得沒什麼必要，但多米妮克姊表示這是為了以防萬一。

感覺多米妮克姊到現在仍把我當成小孩子看待……

「不用那麼擔心啦。多米妮克姊之前不是也說過這套衣服沒問題嗎？」

「是這樣沒錯……但保險起見果然還是再確認一下比較好。蕾亞有時候會得意忘形，要是在關鍵時刻失控就麻煩了。」

「欸——我還真是不被信任。」

明明我在鮑麥斯特伯爵大人官邸已經工作了好一段期間。

雖然還未成年，但我已經算是老資歷了。

「信任嗎？我並不是不信任妳，只是怕妳搞錯狀況，挑選暴露的服裝，想要誘惑艾爾文大人。」

「我才不會做那種事。」

這種事情，要等更加熟悉彼此後才能做。

當然，我和艾爾文大人並非初次見面，但我們平常很少有機會接觸，所以我也知道如果突然打扮成那樣，一定會被當成花痴。

「既然是第一次約會，當然是要打扮得清純一點，製造一些生澀感會比較好。這連我也知道。」

「妳知道就好……」

我還真是不被信任……

明明我在女僕當中，也算是小有地位。

「不過艾爾文大人看見我打扮成這樣，或許反而會更加興奮。這樣我就能一面喊著『不行！那種事要等結婚以後才能做！』一面和他發展成那種關係。艾爾文大人或許會變得太愛我，甚至比遙大人還要……唔嘎！」

「妳就是這種容易得意忘形的地方不行！」

多米妮克姊明明挺著大肚子，卻依然使出全力揍我。

與其說這樣對肚子裡的孩子不好，不如說可能會讓孩子變成一個動不動就靠拳頭說話的人。

「好痛喔……十歲時爸爸在賭場輸了一大筆錢，讓媽媽氣得半死的記憶……」

「那種事就忘了吧。還有，盡量不要大肆宣揚。」
是為了避免破壞家庭和諧嗎？
雖然那件事讓爸爸直到最近都沒有零用錢可用。
「那次我爸爸也有去……」
「原來是這樣！」
「因為是一族之恥，所以別再說下去了。總之今天只要輕鬆地到鮑爾柏格約會就行了。聽好囉？
今天的約會，主要只是讓你們互相認識一下而已。」
「我知道啦。我會避免去市區西側新開的『愛情賓館』。」
「哼！那還用說！」
「好痛喔……我明明是開玩笑的……」
唉……要是多米妮克姊能再多培養一些幽默感就好了……
「妳的情況是有時候聽起來不像在開玩笑。」
「唔呃！妳居然聽見了我的心聲！」
「我大概能夠猜得出來妳在想什麼。畢竟我們是認識了很久的親戚。總而言之，妳今天只要適當地和艾爾文大人玩樂一下就行了。」
「我知道了。那我出門了。」
於是，我在讓多米妮克姊檢查完服裝後，就前往會合的地點，準備享受和艾爾文大人的第一次約會。

＊　＊　＊

「讓你久等了。」

「沒有啦，我也才剛到而已。妳今天給人的感覺和平常穿女僕裝時不同，看起來很清純呢。雖然女僕裝也很不錯。」

「能被你稱讚，是我的光榮。啊哈哈，如果真的讓你久等了，我一定會被多米妮克姊揍。」

「多米妮克啊。不愧是艾莉絲的童年好友，感覺是個相當認真的人呢。」

「就是啊。」

為了營造出約會的感覺，我和艾爾文大人約好在鮑爾柏格的市中心碰面。

艾爾文大人比我早到，而且一碰面就馬上稱讚我的服裝，再加上我們都很了解多米妮克姊的性格，感覺我們或許真的能成為一對相配的夫婦。

不對，是一定能變成那樣。

「那麼，妳有想去的地方嗎？」

「這個嘛……啊！」

「蕾亞，怎麼了嗎？」

「艾爾文大人，那個……」

我發現一件不得了的事情。

就在我們準備開心地約會時，我發現有個可疑人物在偷窺我們。

該怎麼說才好，那個人打扮得非常花枝招展，而且與其說是出來賣的，不如說是只要一靠近她就會被踢死的感覺。

那個外表搶眼的女人，像是在偷窺般持續尾隨我們。

「艾爾文大人，你認識那個人嗎？」

「嘖！那個女人還在鮑爾柏格啊……明明我和蕾亞都不會使用魔法，為什麼她要監視我們啊？」

「艾爾文大人，那個打扮很誇張的女人是誰啊？」

「啊，我們之前是在外面遇見莉莎，所以蕾亞不認識她也很正常……那個人是卡琪雅的前輩，是個女魔法師……」

艾爾文大人向我說明那個打扮得花枝招展的女性是誰。

她是卡琪雅大人的前輩，是個優秀的魔法師兼冒險者。

不過她現在還是單身，所以很不爽卡琪雅大人比她還早和主人結婚，最近一直在打探鮑麥斯特伯爵家的成員。

「……她到底有什麼目的？難不成她是邪惡的魔法師！」

「呃，應該還不到邪惡的地步啦。」

「可是她的打扮明顯很怪。」

那種獨特又花俏的打扮。

如果她就這樣來領主館工作，一定會惹多米妮克姊生氣。

「她不是侍奉鮑麥斯特伯爵家的人，而且也不會做出偷看以外的事情，所以不用擔心，我們快點走吧。」

「說得也是。我知道了。」

雖然不曉得那個女人想打探什麼，但如果她想妨礙我和艾爾文大人快樂的約會，我絕對不會放過她。

那麼，接下來就是快樂的約會時間了。

「這間店怎麼樣？」

「我覺得不錯呢。」

「不過這間店主要是賣甜點，這樣沒關係嗎？」

「沒關係，我也經常陪威爾和艾莉絲她們來這種店。」

我們馬上開始約會，第一站是最近新開幕的咖啡廳。

這裡主打的是用魔之森產的水果做成的甜點。

雖然最近開了很多這種店，但這間店是在推出了水果三明治後，才開始受歡迎。

我本來以為艾爾文來這種店會不自在，但他意外地不討厭甜食。

「因為運動完後吃甜食，能夠快速消除疲勞。而且我以前還在老家時，都沒什麼機會吃到甜食。」

「原來如此。」

我想變得更了解艾爾文大人，所以必須盡快加深我們對彼此的理解。

畢竟我們將來會結為夫妻。

「我還以為冒險者都比較喜歡酒。」

「我並不是不會喝酒。只是就這方面來說，布蘭塔克先生給人的印象比較強烈吧？」

或許是這樣沒錯。

畢竟每次聽說布蘭塔克大人要來訪時，多米妮克姊都會確認酒類的庫存。

「中年冒險者大多都很愛喝酒。或許我以後也會變成那樣。」

「欸——我覺得維持現狀比較好啦。」

可以的話，我希望艾爾文大人一直維持現在的樣子。

雖然很多男人都喜歡喝酒，但我實在無法理解酒到底有哪裡好。

就在我這麼想時，我們點的水果三明治送到了。

麵包中間夾了大量的鮮奶油和水果，鮮豔的色彩看起來也非常美味。

「艾爾文大人，看起來好好吃喔。」

「是啊……還有，她也在呢……」

真的耶。

那個邪惡的女魔法師，簡直就像是在偷窺我們！

她一定是在嫉妒我們這種感情好的情侶！

因為她是單身！

「呃……應該還不到邪惡魔法師那種程度……」

「不過，艾爾文大人，她是妨礙我們約會的邪惡魔法師。」

那個邪惡魔法師居然用那種打扮，獨自吃著水果三明治看向這裡。

她一定是因為太過邪惡，所以才找不到男人陪她一起來這種店。

「如果太刺激她，或許會有危險。不要理她就好了。」

艾爾文大人非常溫柔。

不過他的溫柔，不一定對那個邪惡的女魔法師有效。

對了！只要讓她看見我和艾爾文大人卿卿我我的樣子，她就會明白繼續纏著我們也沒用了。

「艾爾文大人。來，請把嘴巴張開——」

「這樣不會有危險嗎？」

「艾爾文大人，我們又不是魔法師，是那個邪惡的女魔法師太奇怪，硬要纏著我們。雖然這樣做有點太刻意，但還是快點趕走她，享受我們的約會吧。」

我找了個表面上的理由，打算快點和艾爾文大人變得恩愛，成為他心愛的妻子。

我才不會輸給遙大人呢。
「這樣真的好嗎？」
「沒問題啦。來，請把嘴巴張開——」
「啊——」
感覺不錯呢。
這樣不管看在誰的眼裡，我們都是一對恩愛的情侶，無論何時結婚都不令人意外。
不如說在這種公開場合秀恩愛，就等於是讓鮑爾柏格的居民擔任我們幸福婚姻的見證人。
那個邪惡的女魔法師看我們這個樣子，應該會覺得很煩躁吧。
就算是因為無法接近主人，也不應該浪費時間監視我們，就是因為她硬要這麼做，才會遇到這種事情。
「接下來要去哪裡？」
「我有一間想去的店。」
我拉著艾爾文大人的手，帶他去一間非常受歡迎的飾品店。
「喔，這間店還不錯呢。」
「因為能夠輕鬆地進來，所以家裡的女僕們也都很喜歡這間店喔。」
我才不會笨到第一次約會，就突然央求艾爾文大人買昂貴的首飾給我。
貪心的女人會被討厭，而且那樣也會害我被多米妮克姊罵。

「艾爾文大人，我想買一個假日戴的首飾，請你幫我挑一個好嗎？」
「我知道了。今天是我們第一次約會，所以就讓我送妳吧。」
「這樣太不好意思了啦。」
「沒關係啦，又不是什麼貴重的東西。妳覺得這條怎麼樣？」
艾爾文大人挑了一條項鍊幫我戴上，我們靠在一起看鏡子，確認好不好看。
「好看嗎？艾爾文大人。」
「雖然還不錯，但要不要換戴這條看看？」
艾爾文大人又挑了另一條寶石顏色不同的項鍊幫我戴上，我們再次一起看鏡子，確認適不適合。
我們這樣看起來完全就是一對情侶。
艾爾文大人以前有幫女孩子挑過項鍊嗎？
感覺他的動作意外地熟練。
至於那個邪惡的女魔法師的反應，就跟我預料的一樣。
她為了掩飾焦慮的心情，假裝在挑選飾品……啊！她把手上的項鍊……扯斷了！
氣到失去理智破壞店內的商品，然後還要賠錢嗎？
這樣她應該就會放棄跟蹤我們了吧……
「那個邪惡的魔法師真是纏人！」
「呃……不到邪惡魔法師那麼嚴重啦……」

我和艾爾文大人一起前往劇場，觀看新上演的戲劇，但那個邪惡魔法師又坐到後面的位子監視我們。

「大概是因為很難跟蹤或監視威爾與卡琪雅他們，所以她才會選擇監視我們這些相關人士，企圖打探出有利的情報吧？」

真是的，明明就算監視我們也沒有意義！

氣死我了！

既然如此！

「艾爾文大人！」

「喂！」

既然如此，我決定在看戲的時候，將頭靠在艾爾文大人的肩膀上，讓在後面監視的邪惡魔法師，見識一下我們有多恩愛。

這個作戰的另一個好處，就是能讓大家認為我和艾爾文大人之間的關係已經進展到如此親密的地步，趁機製造既成事實。

以第一次約會來說，這樣的結果已經接近完美了。

「（啊，奏效了，奏效了。）」

我稍微瞄了後面一眼，坐在後面的邪惡魔法師正不斷顫抖。

她一定是在看見我們恩愛的樣子後，不甘心地想著為什麼自己都沒這種緣分，並受到絕望的打擊吧。

這樣那個邪惡的魔法師，應該就不會再妨礙我們約會了。

「蕾亞，這齣戲演得真不錯。演員完美地演出了男主角對戀人的純粹心意呢。」

「……是啊。」

糟了！

因為太過在意後面的邪惡魔法師，我完全沒有在看戲！

真是太失敗了。

而且……

「雖然蕾亞還未成年，但應該還是可以乾杯吧。」

「是的。我也只會稍微沾一下嘴巴。」

看完戲後，我們到艾爾文大人事先預約的餐廳吃晚餐。

這間店的餐點出了名的貴，證明艾爾文大人非常重視我。

「呃，我想點口味偏甜的酒。」

「這位客人，非常抱歉……」

「賣完了？怎麼會有這種事？」

「適合這位小姐的甜酒，前不久才剛被其他客人點光了……現在只剩下口感比較強烈的酒……」

那個邪惡魔法師。

我還以為她總算離開了，沒想到是趁我們看戲的時候，跑來這間餐廳把我能喝的甜酒都點來喝掉了。

她居然預測我們的行動，做出這種討人厭的事情。

難怪她無法結婚！

「蕾亞，不然就喝果汁吧？」

「如果只喝一杯的話，就算是不甜的酒也沒關係。」

「真的沒問題嗎？」

「艾爾文大人，我已經不是小孩子了。」

「既然妳都這麼說了。」

我才不會讓那個邪惡的魔法師稱心如意。

居然看扁我是個小孩子，先把甜酒都點光了，我和艾爾文大人的愛，才不會輸給這種惡行。

「蕾亞，今天玩得真開心呢。」

「是啊。以後要再約我喔。」

「那當然。」

就這樣，我和艾爾文大人的初次約會，在沒有輸給邪惡魔法師的情況下，度過了快樂的一天。

「那一天大概就是這種感覺。多米妮克姊，我表現得很好吧。」

「唉……反正艾爾文大人也很滿足，這樣應該就行了吧，但該怎麼說才好……你們根本是半斤八兩吧……」

「咦？妳說誰和誰半斤八兩啊？」

「沒事，只要蕾亞沒注意到就沒關係，不用放在心上。」

為了打探主人和卡琪雅大人的祕密，「暴風雪莉莎」最近一直留在鮑爾柏格蠢蠢欲動。

沒想到她已經被逼到必須跟蹤艾爾文大人和蕾亞約會的程度。

不過，蕾亞某方面來說也是個笨蛋，所以積極地阻止了她。

雖然她最後白白多花了一大筆酒錢，但這點錢對她來說應該不算什麼吧。

接下來也得小心提防她。

不過，蕾亞或許算是那個「邪惡魔法師」的天敵也不一定。

畢竟蕾亞某方面來說，也算是個大人物。

「嗚咿！嗝！多米妮克姊是雙胞胎嗎？」

「怎麼可能啊！妳都認識我幾年了！」

蕾亞第一次喝不甜的酒，就喜歡上那種味道，所以第一次約會就徹底喝醉了。

她和暴風雪可以說是不分軒輊……不對，應該說是半斤八兩吧……

角色設定草稿

莉莎

合田拍子
illustration
nauribon
1
轉生為豬公爵的我，
PIGGY DUKE WANT TO SAY LOVE TO YOU
這次要向妳告白
This is because I have transmigrated to piggy duke!
Kadokawa Fantastic Novels

轉生為豬公爵的我，這次要向妳告白 1 待續

Kadokawa Fantastic Novels

作者：合田拍子　插畫：nauribon

第一屆カクヨム網路小說大賽特別賞得獎作！
轉生到動畫世界的少年向壞結局的命運反抗！

意外轉生到動畫世界成為反派豬公爵的我，照劇情走就會直奔壞結局!?這可不行！我要運用熟知的動畫知識以及「全屬性的魔法師」這神扯的無雙能力，變成學園人氣角色，改變命運！然後，致我所愛的夏洛特——我要成為配得上妳的男人，向妳告白。

NT$220/HK$75

國家圖書館出版品預行編目(CIP)資料

八男?別鬧了! / Y.A作 ; 李文軒譯. -- 初版. -- 臺北市 : 臺灣角川, 2019.07-
冊 ; 公分
譯自 : 八男って、それはないでしょう!
ISBN 978-957-743-079-3(第13冊 : 平裝)

861.57 108007849

Kadokawa
Fantastic
Novels

八男？別鬧了！ 13

(原著名：八男って、それはないでしょう! 13)

2019年7月25日 初版第1刷發行

作　　者：Y・A
插　　畫：藤ちょこ
譯　　者：李文軒

發 行 人：岩崎剛人
總 經 理：楊淑媄
資深總監：許嘉鴻
總 編 輯：蔡佩芬
編　　輯：黎夢萍
美術設計：黃永漢
印　　務：李明修（主任）、黎宇凡、張凱棋

發 行 所：台灣角川股份有限公司
地　　址：105台北市光復北路11巷44號5樓
電　　話：（02）2747-2433
傳　　真：（02）2747-2558
網　　址：http://www.kadokawa.com.tw
劃撥帳戶：台灣角川股份有限公司
劃撥帳號：19487412
法律顧問：有澤法律事務所
製　　版：巨茂科技印刷有限公司
ISBN：978-957-743-079-3